MIKAELLE

BOOK 1

(Spanish Version)

by

Rafael Arcaya Cruzado

Gotham Books

30 N Gould St.
Ste. 20820, Sheridan, WY 82801
https://gothambooksinc.com/

Phone: 1 (307) 464-7800

© 2024 *Rafael Arcaya Cruzado*. All rights reserved.

No part of this book may be reproduced, stored in a retrieval system, or transmitted by any means without the written permission of the author.

Published by Gotham Books (June 20, 2024)

ISBN: 979-8-88775-923-4 (H)
ISBN: 979-8-88775-350-8 (P)
ISBN: 979-8-88775-351-5 (E)

Because of the dynamic nature of the Internet, any web addresses or links contained in this book may have changed since publication and may no longer be valid.

The views expressed in this work are solely those of the author and do not necessarily reflect the views of the publisher, and the publisher hereby disclaims any responsibility for them.

El Licenciado Luis Hernández llega a su oficina, saluda a Clara, su secretaria y continúa hacia su despacho. No parece prestarle importancia al saludo que con mucho entusiasmo ella le ofreció. Prende la computadora, espera a que cargue y estudia la correspondencia que le llegó por medio del correo electrónico. Le llama la atención un comunicado proveniente de un Tribunal de Apelaciones dirigido a colegas suyos con quienes litigaba un caso sobre custodia. Al leerlo descubre que se le les pide que informen que para cuándo puede estar lista su cliente para asistir a una vista que será llamada a corto plazo. Le conceden horas para que respondan. Le llama la atención con la celeridad que hacen ese pedido.

El caso tiene cinco sentencias, todas a favor a su cliente, la última se dictó hace más de un año y el protocolo existente supone que es final, firme e inapelable después de transcurrido treinta días desde su dictamen. A la persona a la que se se le solicita que informe su disposición, de nombre Frances, reside en el estado Hawaii, a más de seis mil millas de distancia y es de suponerse que le tomará días para conseguir pasaje hacia Puerto Rico. Discurre el periodo navideño por lo que es improbable que lo consiga en poco tiempo, y si lo consigue tardará en informarle a su abogados quienes después se lo informarán al tribunal, quienes entonces señalarán la vista.

Supone que pasarán semanas antes de que eso ocurra y echa a un lado el comunicado pero un sexto sentido le advierte que es poco usual lo que acaba de leer. La última sentencia se basó en el testimonio de una trabajadora social quien declaró que la madre abusó física y mentalmente de su hija. Testificó que Mikaelle, la hija de su cliente, de nombre Sergio y de la demandada, le dijo que su progenitora la maltrataba, regaños frecuentes, golpes continuos pero que lo más que le dolió fue cuándo la madre le dijo que se avergonzaba de llamarla su hija.

Un primer juez le otorgó la custodia tres años antes debido a que la madre fue citada seis veces pero nunca compareció. Sus abogados nunca argumentaron sobre el asunto del caso. Se había estipulado que estaba obligada a enviar a su hija para que estuviera con su padre todos los veranos, las navidades y los recesos primaverales alternos como condición ineludible para concederle permiso para llevarse a su hija hacia Hawaii. Tras el fallo, Doña Frances apeló tres veces alegando que sus derechos fueron violados y que el juez abusó de sus prerrogativas. La tercera fue al Supremo en donde sus abogados alegaron que se se falló en probar los argumentos presentados por el Licenciado Hernández. En las tres ocasiones se ratificó la sentencia y se amonestó a la madre por sus continuos desacatos.

Imposibilitado para llegar a conclusiones se prepara para asistir a una vista sobre un caso sobre división de bienes gananciales. Su cliente, un prominente neurocirujano de nombre Cristobal, le ofreció a su ex-mujer cincuenta millones de dólares tratando no solo de de tranzar el caso, sinó de también de recuperar su cariño. Esa oferta la hizo antes de que él asumiera su representación. A Luis le pareció exhorbitante y ordenó un estudio financiero de la sociedad de bienes gananciales. Descubrió que su cliente le ofreció virtualmente todo lo que tiene y que la sociedad solo acumuló unos veinticinco millones. La obligación financiera del médico se limitaría a la mitad de esa suma. Consternado le preguntó que por qué le ofreció tanto

Cristobal le dijo que estaba arrepentido de haberle sido infiel a su esposa, que tuvo una relación de una noche con su secretaria, que fue un acto del momento con quien conoce desde hace años, que nunca antes se había sentido atraído hacia ella pero que celebraban el resultado de una inversión que ella le recomendó en donde invirtió un par de miles de dólares que se convirtieron en millones. Bailaron, rieron, bebieron celebrando la ocasión, perdieron la noción de la realidad y por estar lejos de sus cónyuges les pareció natural pasar la noche juntos. A la mañana siguiente se percataron del error, ambos se arrepintieron y él se justificó aduciendo que el alcohol nubló su buen juicio. Cuándo su esposa se enteró le pidió el divorcio. Él le pidió perdón, confesó su error, aceptó su falta, asumió su responsabilidad y le prometió que jamás le volvería ser infiel. Argumentó que por el bien de sus hijos deberían permanecer unidos pero ella ignoró sus súplicas.

-Le ofreciste mucho más de lo que legalmente le corresponde,- Luis le dice. -Apenas tienes cincuenta millones. Si si le das todo te quedas con nada. -

-El dinero no es lo importante,- su cliente se muestra sumiso.

-Ana es lo que es importante para mi. Me gano millones, no porque cobre de más sinó porque los seguros médicos me envían miles de dólares por cualquier tontería y nada puedo hacer para evitarlo. Soy comedido con mis gastos, sigo enamorado de Ana y daría cualquier cosa para que me perdonara.-

Cristobal calla y luce pensativo. Luis lo observa por un momento para luego preguntar.

-¿Cómo se enteró tu mujer? -

-Supongo que alguien se lo dijo.-

-¿Quién?-

-No sé, se tomaron fotos, tal vez comprometedoras pues nos abrazábamos sonreídos, con tragos en nuestras manos, fueron a parar a la internet, alguien me reconoció y se lo dijo a mi mujer. Eso es irrelevante ahora. Todo lo que quiero es volver con ella.-

-Bueno,- Luis comenta. -Por el momento nada se puede hacer. Tenemos que rectificar ese segundo error ya que te va a dejar en la ruina. El juez puede asumir que como ofreciste cincuenta millones es probable que tengas más. Conozco el abogado de tu mujer, es un hombre codicioso, le pidió al juez que también le pagues sus honorarios. Tenemos que pensar en la pensión alimentaria de tus hijos, es ineludible y si no la puedes pagar conlleva castigos severos.-

Cristobal se sume en sus pensamientos mientras su abogado lo observa con curiosidad. Se percata de lágrimas en sus ojos pero opta por mirar hacia otro lado.

++++++++++++++++++++++

Andrés acaba de tener sexo con la mujer que desnuda está acostada a su lado. Debería sentirse satisfecho, tal vez exhausto pero lo que luce es confundido, sonríe cuándo parece que hay algo que no puede comprender. Ella lo nota y le pregunta:

-¿De qué te ríes?-

Su sonrisa se agudiza antes de responder.

-Nunca he tenido una mujer como tú.-

-¿Y eso es bueno? -

Andrés ríe con mayor intensidad y se explica:

-No sé. Me imagino que mi mamá no lo aprobaría.-

-¿Le vas a preguntar?-

Vuelve a reír.

-No, por supuesto que no. ¿Le vas a preguntar a la tuya?-

-No es necesario, - ella de inmediato responde. -Ella sabe lo que hago.

-¿Cómo se enteró?-

-Mi hermano se lo dijo.-

-¿Tu hermano se lo dijo? - Andrés pregunta sorprendido.

-Mi hermano se lo dijo. Él hace lo mismo pero alega que como es hombre no conlleva responsabilidades.-

Andrés parece analizar lo que se le ha dicho y da la impresión de que algo lo incomoda.

-¿Cómo te llevas con ellos?- entonces pregunta.

-Mi hermano murió hace unos años. Mami está en un hospicio.-

Andrés vuelve analizar sus palabras y se nota que sigue confundido.

-¿Cómo reaccionó tu mamá cuándo se enteró.-

-Escandalizada. Se puso furiosa, me regañó como si yo fuera una niña.-

-¿Qué edad tenías?-

-Quince.-

-¿ Quince?-

-Quince.-

-¿Cómo fue?-

-Mi hermano tenía una colección de películas pornográficas en su dormitorio. Como a los trece años salió y fui a su cuarto para ver averiguar sus asuntos. Había un pequeño televisor conectado a un reproductor de videos, había uno dentro y comencé a verlo. Mi primera impresión fue de espanto. Nunca había visto gente desnuda, no podía comprender la erección que estaba viendo, tampoco podía entender lo que estaban haciendo, el introdujo su pene en su boca, en la vagina y en el ano.

-Ella todo lo que hacía era gritar como una loca pero parecía disfrutarlo. Sus gestos parecían quejidos pero los rostros reflejaban algún tipo de placer ajeno a mis experiencias. Cuándo terminaron, se sonrieron, se abrazaron, se besaron y era evidente que lo que hicieron los hizo muy felices. Yo no entendí pero concluí que fue divertido, un tipo de diversión que no podía comprender porque nadie me lo había explicado. Pensé en preguntarle a mi madre pero algo me dijo que no lo hiciera. Regresé muchas veces a su cuarto para seguir viendo esas películas y poco a poco comencé a comprenderlas, era como si se amaran. Las películas no tenían tramas, era tan solo gente teniendo sexo. Poco después comencé a sentir una extraña sensación que no me la podía explicar pero que la asocié con lo que había visto.

-Una tarde mi hermano trajo un amigo a la casa para que después dijera que tenía que tenía salir a comprar algo pero que regresaría de inmediato. Tan pronto se fue el amigo me dijo que yo era muy atractiva. Sonreí pero no le di importancia. Me preguntó que cuantos años tenía, le dije que quince. Me preguntó que si tenía novio, le dije que no, me preguntó si me enamoraría de alguien como él, le dije que no sabía lo que era enamorarse, me dijo que mentía, que todo el mundo sabe lo que es enamorarse, insistí en que no lo sabía, él me dijo que era tener sexo, le dije que había visto películas pornográficas, me preguntó si quería hacer lo que había visto, le dije que si.

-Se bajó los pantalones, me dijo que me quitara la ropa, que mirara para otro lado, que me doblara y tuvo sexo conmigo. Yo no sé si lo tuve con él. No sentí lo que las parejas que había visto parecieron sentir. Terminó y me dijo que tenía que irse, que lo estaban esperando, que me llamaría. Nunca lo hizo, jamás lo volví a ver. Mi hermano regresó y preguntó por él. Le dije que tuvo que irse, que lo estaban esperando. Me preguntó que hicimos, se lo dije, puso el grito en cielo y se lo dijo a mami. Ella me preguntó que por qué hice una cosa como esa, le dije que él me lo pidió.

-¿Así porque si?- preguntó escandalizada.

No supe cómo responder, no entendí la pregunta, me dijo que soy bien bruta, me puse a llorar, me envió a mi cuarto y me dijo que me quedara ahí hasta que mi padre llegara. Cuándo él llegó, mami le dio la queja, él se puso furioso, me repitió lo que mi madre me había dicho, me amenazó con darme una pela, me dijo que en lo sucesivo tenía que decirle todo lo que yo iba a hacer.

-Poco después murió de un infarto, mi madre cayó en una depresión tan severa que mi hermano la internó en un hospicio. Yo iba a verla todos los días pero poco a poco se fue apagando y llegó el día en que no me reconoció. Mi hermano muere poco después, se lo digo a mami pero para entonces había desarrollado una demencia tan avanzada que no se acordaba el haber tenido un hijo.-

Yaniz calla y parece esperar por la reacción de su amigo. Este luce inmerso en sus pensamientos, como si lo escuchado lo hubiese tomado por sorpresa y no supiera cómo reaccionar.

-¿Estás bien?- ella le pregunta.

Él se limita a responder con un tímido gesto en lo positivo.

-¿Estás seguro?- Yaniz como que tiene sus dudas.

-Me conmovió lo que me dijiste. Me apena saber por lo que pasaste-

-Es parte de la vida,- ella parece ofrecer una explicación.

-No es parte de la mía.-

-¿Cómo te fue a ti?-

-Lo aprendí de mis amigos, los primeros en descubrirlo lo comentaron con los demás. Poco después comencé a sentir la necesidad. Quería hacerlo con mis amigas pero ellas me dijeron que eso no se hace, que si lo hacían iban a parar al infierno. Tuve entonces que recurrir a mujeres como tú.-

-¿Cómo que a mujeres como yo?-

-Mujeres que no tienen reparos, que no les importa lo que la gente piensen de ellas.-

-A mi me importa lo que piensen de mi,- Yaniz luce consternada.

-¿Y por qué lo haces?-

-Porque me gusta, porque lo necesito, porque es parte integral de nuestras vidas. Sin el sexo no existiríamos.-

-Todo eso es cierto pero también es cierto que mucha gente te van a considerar una mujer de bajos principio morales.

Yaniz luce como que analiza lo que le acaban de decir y parece tener dificultades para comprenderlo.

-¿Por qué la gente habría de tener una mala opinión de alguien por haber tenido sexo.?- después de un rato puede preguntar.

-Porque Dios lo prohibe.-

-¿Cómo que Dios lo prohibe?- Yaniz luce confundida.

-Es uno de los mandamientos,- a Andrés le está extraña su reacción.

¿Cuál mandamiento?-

-No fornicar.-

Yaniz baja la cabeza y da la impresión de que es en ese momento es que se entera.

-¿No me digas que tú no lo sabías?- Andrés pregunta sorprendido.

-No te lo voy a decir,- ella luce molesta.

Él permanece mudo pero como si esperara que ella comoquiera se lo dijera.

++++++++++++++++++++++

Annie recibe a Luis con un beso al regresar a la casa y nota que luce preocupado.

-¿Estás bien?- le pregunta.

-Si, claro,- de inmediato él responde.

-No lo parece,- ella no luce convencida.

-Hubo una vista en el caso de Cristobal,- él da la impresión de que opta por confesar.

-¿Y qué pasó?- la esposa se percata de su preocupación.

-De acuerdo con la ley, él está obligado a compartir con su ex-mujer los bienes que se acumularon durante el matrimonio por partes iguales. Él le ofreció a ella todo lo que tiene tratando de recuperar su amor. Le fue infiel, ella se enteró, le pidió el divorcio, él le pidió que lo perdonara, que pensara en sus hijos pero ella no dio marcha atrás.-

Annie permanece callada como si si estuviera analizando lo que se le acaba de decir. Él parece esperar por su reacción al notar que luce muy interesada en lo que se le dijo.

-¿Me perdonarías si te fuera infiel?- de la nada ella pregunta.

-Por supuesto,- de inmediato él responde.

-¿Por supuesto?-

-Por supuesto.-

-¿No te estaría malo que te fuera infiel?- ella como que tiene sus dudas.

-Me estaría malísimo, pensaría que te estoy perdiendo pero estoy perdidamente enamorado de ti, para mi no existe otra mujer, ninguna otra me llama la atención.-

Annie lo mira y parece esforzarse por creerle.

-La gente se ríe de los hombres cuyas mujeres le son infieles. ¿No te molestaría que se rieran de ti.-

-No sé, nunca se han reído de mi, no sé cómo reaccionaría. La única opinión que me importa es la tuya. Si me eres infiel fue porque hice algo mal. Se supone que todo mi interés sea hacerte feliz. Si buscas la felicidad en otra persona solo pudo haber sido porque te he fallado.-

Annie lo sigue mirando como si todavía tuviese sus dudas.

-Siempre he pensado que lo peor que le puede pasar a un hombre es que su mujer le sea infiel,- entonces reacciona. -He sabido de algunos casos donde los hombres se vuelven violentos, agreden a la mujer, algunos las asesinan.-

-Si le hacen daño es porque no estaban enamorados, solo pensaban en si mismo, que la gente se van a reír de ellos y es eso lo único que les importa. No piensan en las consecuencias y matan a quienes en muchas ocasiones le dijeron que amaban pero en realidad a quienes amaban eran a si mismo. No es posible volverse violento contra alguien a quien amas.-

Annie parece tener sus sus dudas pero no sabe qué pensar y se queda callada. Como pasa el tiempo y ella no reacciona, Luis regresa al tema original.

-El abogado de la esposa de mi cliente argumentó que si ofreció cincuenta millones es porque tiene más. Le pregunté que cómo sabe eso, me dijo que todos los que ofrecen algo es porque tienen más. Le pregunté que si eso es todo lo que se requiere para saberlo y aunque tú no lo creas me dijo que sí. Le dije que ordené un estudio financiero que demostró que lo que se acumuló durante el matrimonio no excede veinticinco millones. Me dijo que el papel aguanta todo lo que se le escribe. Le recomendé que ordenara el suyo porque lo único que el juez tiene para pasar juicio es el mío. Me dijo que lo haría y que iba a probar que tiene más de cien millones, que tiene que pagarle los cincuenta millones que espontáneamente le ofreció a su mujer, darle por lo menos un millón de dólares mensuales a sus hijos y pagar sus honorarios, diez millones.-

-¡Dios mío!- exclama Annie. -¿Qué se cree ese individuo?-

-Que los va a conseguir,- Luis responde sin aparente preocupación.

-¿Cómo?- Annie no lo puede creer.

-El papel aguanta todo lo que se le escribe.-

Ella sonríe, baja la cabeza, da la impresión de que se vuele pensativa para después reaccionar como si de repente se acordara de algo.

-Vete a jugar con tu hijo,- de la nada le dice. -Está solo en la sala. Desde que empezó la pandemia no tiene con quién jugar. Todo el mundo tiene que quedarse en sus casas.-

-Si, su majestad,- sonreído él comenta. -Y después lo voy a llevar a comer pizza.-

-Todo está cerrado,- ella le recuerda. -Ese virus tiene al mundo paralizado.-

-El Huracán María lo cerró todo, todo menos las pizzerías. Esos restaurantes son inmunes a los huracanes, a los terremotos, a los tsunamis y a las pandemias.-

Ella ríe y algo parece llamarle a él la atención, ella lo nota y le pregunta:

-¿Qué te pasa?-

-¿Cómo que qué me pasa?-

-Me miraste como si algo te causara gracia.-

-No fue gracia lo que me causó. Me gusta verte reír, es cuándo más hermosa te ves, me doy cuenta de que te hago feliz y esa es la razón para lo cual vivo, para hacerte feliz.-

Ella lo mira, parece analizar lo que se le dijo solo para después recordarle:

-Vete a jugar con tu hijo.-

-Ai ai, sir,- es su reacción.

++++++++++++++++++++++++

Miguel mira a la mujer acostada a su lado y parece que trata de comprender algo que no entiende.

-¿Eres así siempre o solo cuándo estás despierta?- le pregunta sonriendo.

Ella también sonríe y responde a lo que cree se ha implicado.

-No puedo evitarlo,- le dice Yaniz.

-¿Qué no puedes evitar?- él pregunta extrañado.

-Lo que siento.-

-¿Qué es lo que sientes?-

-Esa pasión que me domina, algo más fuerte que yo que no puedo controlar.-

-¿Nada haces para controlarte,- él pregunta como si tuviese sus dudas.

-Nací así. A mucha gente no le gusta pero no puedo evitarlo.-

-¿Tratas de evitarlo?-

-No, por supuesto que no. ¿Por qué habría de hacerlo?-

-Me acabas de decir que a mucha gente no le gusta.-

-Es mi vida. Es como la quiero vivir, como la necesito vivir. No hay razón alguna para que me contenga.-

-Mucha gente alega que Dios lo prohibe.-

-Si lo prohibe, ¿por qué nada hace para evitarlo?- ella pregunta.

-¿Cómo sabes que nada hace para evitarlo?-

-No he notado algo que me haga creer que le esté malo. Si es omnipotente, le debería fácil evitar que nosotros incurramos en actos que le molestan.-

Miguel la mira extrañado, da la impresión de que se esfuerza por comprender lo que se le ha dicho y no tarda en reaccionar.

-En la Biblia hay pasajes donde Él castiga a los que lo desobedecen.-

-¿Qué hace?- Yaniz pregunta.

-Destruyó a Sodoma y Gomorra, provocó el diluvio universal, combatió a los enemigos del pueblo hebreo en los campos de batalla y si su pueblo le desobedecía, permitía que los enemigos los subyugaran.-

-¿No era más fácil evitar que todo eso pasara?-

-No sé. Nosotros los seres humanos no tenemos la capacidad para comprender cómo Él piensa.-

-Si no puedes comprender cómo Él piensa, me imagino que tampoco argumentarás.'

-¿Cómo que tampoco argumentaré?- Miguel reacciona confundido.

-Si no comprendes cómo Dios piensa, no puedes argumentar, ni a favor ni en contra.-

Una vez más se esfuerza para comprender lo que ella le ha dicho y como tarda tanto, Yaniz añade:

-En estos momentos hay millones teniendo sexo, muchos con quienes no son sus parejas legales. También están ocurriendo millones de asesinatos, millones de robos, de asaltos, de abusos contra los débiles, actos terroristas. No creo que a

Dios le pueda interesar quienes están teniendo sexo. Hay millones de asuntos más apremiantes.-

-Dios prohibe la fornicación,- Miguel replica mostrando severidad. - Es uno de los pecados que más censura.-

-No parece molestarse conmigo, nunca me ha llamado la atención.-

Miguel se queda callado como si tuviera dificultades para entender lo que ha escuchado y tarda en argumentar.

-Él intenta evitar el pecado. Lo que pasa es que no te has dado cuenta.-

-¿Qué hace?- ella pregunta extrañada.

-Los pecadores son castigados con enfermedades, con accidentes, con miserias.-

-¿Y eso qué quiere decir?-

-Cuándo pecas y de inmediato algo malo te ocurre, no es por pura casualidad.-

-¿Cómo lo sabes?-

-Es lógico.-

Yaniz es ahora quien tiene que esforzarse para entender lo que le dijeron y tarda en reaccionar por lo que Miguel entonces añade.

-Debes tener cuidado. No es prudente retar a Dios. Te puede ir mal.-

-No estoy retando a Dios,- en esta ocasión Yaniz reacciona de inmediato. -Mi necesidad es más fuerte que yo. Tuve encuentros con mis padres cuándo se enteraron, también me advirtieron que me podía ir mal. Pero a mucha gente le va mal aún cuándo nada malo hacen. No es posible concluir que nuestras miserias sean en respuesta a castigos provenientes de Dios.-

-Lo que te estoy diciendo es que tienes que tener cuidado. Dios tiene su forma de actuar, el hecho de que no entiendas cómo Él piensa debe ser suficiente advertencia y no te debes arriesgar.-

-¿No te estás arriesgando tú también.-

-Yo le pido perdón por mis faltas.-

-¿Y eso cómo te ayuda?-

-Si le pides perdón, Él te perdona.-

-¿Y si yo le pido perdón, Él también me va a perdonar?-

-Por supuesto.-

-¿Y por qué yo debería dejar de hacer lo que estoy haciendo si todo lo que tengo que hacer después es pedirle perdón?-

Miguel la mira como si no creyera lo que ha escuchado y tarda en responderle.

-Dios te va a castigar,- comienza por amenazarla. -Y no te vas a dar cuenta lo haga, vas a ser rechazada, no te van a dar trabajo, el que conseguirás será el de lo más bajo.-

-Dios entonces no me va a castigar,- Yaniz reacciona como si no hubiese captado la amenaza.

Él ahora se queda callado cuándo no puede comprender su reacción.

-Hay millones trabajando en lo más bajo,- ella añade al percatarse que él no sabe cómo responder. -Son los que mantienen limpias nuestras calles, los que recogen la basura, los que trabajan de sol a sol ganando el mínimo.-

Miguel permanece silente cuándo no parece entender la analogía. Ella entonces añade:

-¿Desprecias a las mujeres que tienen sexo a diestra y siniestra? ¿El trabajo que les ofrecería serían los más bajo?-

-No, por supuesto que no. Es lo que he visto, es lo que he experimentado, es lo que sé.-

Yaniz analiza lo que se le ha dicho pero tarda en hacerle sentido. Al ver que ella no reacciona, él entonces añade:

-Y tienes que pensar en tu hija. ¿Qué va ella a pensar si se entera de lo que estás haciendo.-

-Solo tiene cinco años, nada sabe sobre mi comportamiento. Lo más probable es que pregunte, así es como los niños aprenden. Y cuándo pregunte le diré exactamente lo que estoy haciendo, el por qué lo estoy haciendo. Le explicaré que ella es el producto de ese comportamiento, que todos somos el producto de ese comportamiento, que nada malo hay en él, que llegará el día en el que ella lo recurra y que se llenará de una intensa felicidad que no es posible de otro modo.

-A menos que se tope con un idiota que le diga lo contrario.-

-No te molestes conmigo,- Miguel parece implorarle.- Te lo digo para que estés preparada, te lo digo por tu bien.-

++++++++++++++++++++++++

Luis regresa a su oficina dos días más tarde. Tuvo que asistir a una vista de otro caso en un tribunal a unas cien millas de distancia. Saluda a Clara con la misma actitud de siempre mientras que ella responde con su mayor entusiasmo, continúa hacia su despacho, prende la computadora y estudia la correspondencia que por vía del correo electrónico le llegó. Descubre otro escrito del mismo Tribunal de Apelaciones de dos día atrás indicando que ha dictado sentencia sobre el caso que él creía que se había terminado y que le está devolviendo la custodia a la madre.

Se paraliza, no puede creerlo, vuelve a leerlo como si entendiera que la primera vez se equivocó pero todo lo que logra es confirmarlo. Se pregunta que cómo es posible, el caso tiene cinco sentencias a favor de su cliente, la última se dictó hace más de un año por lo que se supone es final, firme e inapelable, está basada en el testimonio de una trabajadora social que bajo juramento declaró que la madre abusó física y mentalmente de la hija.

Sigue leyendo y la cosa se pone peor. El nuevo apelativo señaló vista para ese mismo día. Dicta sentencia antier y señala vista para hoy. No puede creerlo, sigue leyendo y la cosa se pone peor. El nuevo apelativo suspendió a todos los jueces que hubiesen intervenido anteriormente en el caso. Luis se pregunta quién va a presidirla ya que entiende que no ha habido tiempo para encontrar un sustituto, sigue leyendo y la cosa se pone peor.

Ya hay un juez asignado.

Por los próximos segundos permanece paralizado, incapacitado para comprender lo que está leyendo y cuándo por fin puede continuar descubre horrorizado que la cosa se pone peor. Al nuevo juez se le pide que se familiarice con el caso y éste alega que se siente preparado para presidirlo. El caso tiene cuatro años de litigio, cinco sentencias, miles de documentos y está implicando de que en menos de veinticuatro horas logró familiarizarse.

Sigue leyendo y la cosa se pone peor. El nuevo apelativo argumenta que el primer Juez en el caso y cuyo apellido es Nieves, suspendió una relación amorosa entre la madre y la hija, que abusó de sus prerrogativas y que le violó los derechos a Doña Frances. Argumenta que existía una relación amorosa entre la hija y su progenitora a pesar de que la madre fue encontrada culpable de maltratarla, argumenta que Nieves abusó de sus prerrogativas a pesar de que la sentencia que dictó se limita a una concesión de carácter temporero en lo que se veía el caso en su fondo, argumenta que le violó los derechos a una persona que desacató seis órdenes de comparecencia, que apeló tres veces y todas fueron rechazadas, que en el juicio en su fondo se le encontró culpable de sus abusos.

Luis no puede creerlo, sigue leyendo y descubre que la cosa se pone peor. En ningún momento se hace referencia al segundo juez en el caso, cuyo apellido es Montalvo y quien fue el que concedió la custodia final basada en el testimonio de la trabajadora social, testimonio nunca controvertido por los abogados de la madre y que hasta donde ha leído, tampoco por el propio tribunal que le está devolviendo la custodia.

El escrito le llegó el día anterior después de la cinco de la tarde, cuándo él ya de todos modos hubiese regresado a su casa. Por los próximos minutos permanece paralizado. Todo lo que hace es leer la sentencia una y otra vez esforzándose por creer lo que ha leído pero sin lograrlo. Llama a Clara y le pide que la lea.

-¿Qué tú crees?- le pregunta cuándo concluye que ya ella terminó

-Parece ser el caso de Mikaelle,- es lo que ella puede decir.

-Es el caso de Mikaelle,- Luis le confirma.

-No puede ser,- ella reacciona incrédula. -Ese caso terminó hace un año.-

-Parece que lo resucitaron.-

-¡No es posible!- exclama Clara. -Le están devolviendo la custodia a la madre, acusan al Juez Nieves de abusar de sus prerrogativas, de interrumpir una relación amorosa, de violarle los derechos, señala vista para hoy, destituyen a todo juez que haya intervenido anteriormente y a la trabajadora social. No tiene sentido, tiene que ser un error. Deben estar refiriéndose a otro caso.-

Ambos callan y parecen sumirse en sus pensamientos. Luis vuelve a leer la sentencia y se percata de lo que le parece una incongruencia,

-No hacen mencion del Juez Montalvo,- Luis añade. -Parece que están revocando a Nieves.-

-La sentencia del Juez Nieves fue sostenida en apelación por el Supremo,- Clara le recuerda.

-Lo sé,- Luis reacciona todavía envuelto en confusión. -Es como si no se hubiesen enterado que Montalvo fue quien dictó la sentencia que se supone que ellos pretendan revocar. Pero no lo mencionan, no argumentan contra su proceder. No solamente le concedió la custodia final a Sergio, limitó las de doña Frances a visitas supervisadas por el Departamento de la Familia.-

-¿Qué va a hacer?-

-Voy a pedir tiempo, la sentencia me acaba de llegar, la vista es para hoy por la tarde. Hay un nuevo juez, en tiempo record hay un nuevo juez. Y si se señala vista es porque la madre ha de estar presente. Eso es totalmente inconcebible. Vive en Hawaii, estaba en Hawaii antier, consiguió pasaje antier para un vuelo de ayer y está presente hoy. No lo puedo creer.-

Ambos se quedan callados cuándo todo parece indicar que la situación los confunde y no pueden entender lo que está pasando. Luis reacciona segundos más tarde cuándo cree haber encontrado otra incongruencia.

-Ese juez no pudo haber tenido tiempo para prepararse. Eso es imposible. El primero que necesita tiempo es él. Cuándo se lo pida no le va a quedar más remedio que concedérmelo. Es por su propio bien. La sentencia le pide que se familiarice con el caso, el cual tiene más de cuatro años de litigio. Para eso está obligado a leer miles de páginas.-

Vuelven a callar, vuelven a envolverse en sus pensamientos y poco tiempo después él cree haber encontrado otra incongruencia.

-El Supremo jamás sostendrá una sentencia como esa. La voy a apelar de inmediato. Primero voy pedir tiempo. Es inconcebible que hayan citado una vista para esta tarde. Me parece imposible pensar que jueces de ese nivel dicten una sentencia tan absurda como esa, me parece imposible creer que ellos piensen que una sentencia como esa no va a ser revocada.

-Tienen que saberlo. La forma como ha bajado es un atropello. Antier preguntaron cuándo la madre podría asistir, al día siguiente le devuelven la custodia, señalan vista para el próximo día, suspenden a todo el mundo y en menos de veinticuatro horas tienen un juez que alega que puede atender el caso.

-Aquí hay gato encerrado. Esta gente tiene que saber todo eso y comoquiera se disparan la maroma.¿Qué les hace pensar que el Supremo no los va a revocar? Nada de lo que han argumentado es cierto, no solamente no es cierto, es patentemente falso.-

++++++++++++++++++++++

-¿Por qué tan tarde?- le pregunta un malhumorado juez de apellido Ortiz.

Luis lo mira mostrándose sorprendido, luego mira al reloj que lleva en su brazo izquierdo, nota que se ha retrasado unos cinco minutos, intenta analizar su actitud pero nada viene a su mente por lo que concluye que lo más apropiado es disculpares.

-Solicito sus disculpas,- las pide mostrando sumisión. -La sentencia me llegó hace unas horas. Jamás me imaginé que iban a señalar vista para hoy. Cuándo me percato de que es para hoy, tengo que buscar el expediente y estudiarlo. Este caso lleva tiene cuatro años de litigio, el expediente es voluminoso.-

-Esa excusa no es aceptable, - Ortiz comenta de mala manera. -Si hace cuatro años que está bajo litigio se lo debería conocer de memoria.-

Una vez más Luis tiene dificultades para comprender la actitud del letrado, se esfuerza por analizarla pero una vez más su mente se niega a funcionar.

-Pensé que me lo conocía de memoria,- de todos modos argumenta. -Hace más de un año se dictó la última sentencia. No se supone que la revocaran. Necesito tiempo para prepararme, no la esperaba. El caso ya tiene cinco, todas a favor de mi cliente.-

-Pero la revocaron,- el juez vuelve a reaccionar malhumorado. - Este es un caso de custodia donde hay una menor envuelta, no se supone que usted lo desatienda por más de un año.-

Luis vuelve a mirarlo más confundido aún, da la impresión de que no puede creer lo que está oyendo. Ortiz parece estar esperando por él, quien tarda en darse cuenta y cuándo lo hace, todo lo que puede hacer es disculparse.

-Lo siento,- es todo lo que dice.

-¿Están todos preparados para atender los asuntos de este día?- entonces el juez se dirige a todas las partes presente.

-Por supuesto que no,- de inmediato Luis responde mostrándose alarmado.

-¿Cómo que por supuesto que no?- Ortiz pregunta escandalizado.

-Acabo de decirle que la sentencia me llegó hace unas horas. No he tenido tiempo para prepararme.-

-¿Y qué quiere que haga?-

Luis lo mira dando la impresión de que la pregunta lo tomó por sorpresa y trata de comprender su actitud. Está pidiendo tiempo, algo común en los tribunales y ha recibido la impresión de que el juez no se dio cuenta. Como tarda en reaccionar, Ortiz añade.

-Si vino sin prepararse, usted es el único responsable. Es su deber estar preparado.-

-Es mi deber estar preparado si se me concede un tiempo razonable. La sentencia me llegó hace unas horas, hacen alegaciones insólitas, necesito tiempo para recurrir a todo lo que se ha discutido en el caso para poder presentar argumentos apropiados.-

-¡El caso lleva cuatro años bajo litigio!- Ortiz casi grita. -¡Ha tenido cuatro años para prepararse!-

-Este caso yo lo gané cinco veces, tengo cinco sentencias a mi favor, la última la dictó Montalvo, el apelativo parece que no lo sabe, a quien están revocando es a Nieves.-

-¿Cómo es posible que a usted se le ocurra una barbaridad como esa?-

-No se hace referencia alguna a su sentencia, solo argumentan contra la de Nieves, la cual fue sostenida por el Supremo.-

-¡Usted se está inventando todo eso! ¡Si le están devolviendo la custodia a la madre es porque están revocando a Montalvo.-

-¡Pero lo hacen sin llamarle la atención, sin señalarle faltas, sin mencionar su nombre, sin argumentar que basó su decisión en el testimonio de una trabajadora social que testificó que la madre abusó de su hija.-

-¡La trabajadora social fue suspendida de este caso!-

-Pero no se indican las razones.-

-¡Es de suponerse que esa individua es una embustera!-

-No se hace ningún tipo de señalamiento sobre su comportamiento.-

-¡Pero si la suspendieron fue por algo!-

Luis calla cuándo se da cuenta de que está argumentando contra el juez, no contra alguno de sus colegas. Están presentes, sentados a pasos de distancia, callados ya que hay alguien realizando el trabajo por ellos. Hace el esfuerzo por entender lo que está pasando pero nada viene a su mente.

-¿Donde está su cliente?- con voz alterada el juez vuelve a preguntar.

-Me imagino que no ha sido citado,- sumisamente Luis responde.

-¿Cómo que se lo imagina?-

-El expediente no incluye su correo electrónico. Es de suponerse que la citación fue enviada por correo ordinario. Por ese medio le tomará varios días para que le llegue.-

-¿Conoce usted su número telefónico?-

-Si, claro.-

-Pues llámelo. Dígale que se presente de inmediato. Y que traiga a la niña consigo.-

Luis mira al juez cuándo a su mente llega un mal presentimiento. Entiende que se trata de una vista, no de un caso que se vaya a ver en su fondo. Y si es tan solo una vista es para discutir una sentencia para lo cual no se siente preparado pero que tal parece que no le quedará más remedio que argumentar comoquiera. Sustrae su celular y comienza a marcar. Espera unos segundos antes de dirigirle la palabra a su cliente. Lo hace en voz alta para que el juez lo oiga.

-Sergio,- Luis dice. -Se ha señalado una vista de emergencia. El juez ha ordenado que te presentes al tribunal de inmediato y que traigas a Mikaelle contigo.-

Pasan unos segundos antes de que Luis le pueda informar al juez el resultado de su llamada.

-Le tomará más de una hora en llegar aquí,- le informa al juez.

-¿Cómo es posible que tarde tanto?- Ortiz exclama horrorizado.

-¡Vive a millas de distancia! ¡No sabemos si la joven está con él! ¡Si dijo que tardará horas no tenemos cómo ponerlo en duda!-

Luis calla, espera por el juez, quien parece estar buscando argumentos para confrontarlo pero como que tiene dificultades. El mal presentimiento que Luis tuvo momentos antes se agudiza, pero tomado por sorpresa, no sabe qué pensar.

-No estoy preparado para ver el caso,- vuelve a argumentar. -La sentencia me llegó hace unas horas, no la esperaba, no esperaba que señalaran vista tan rápido, lo que leí no me hizo sentido. Necesito más tiempo para prepararme.-

-¡Doña Frances tuvo tiempo para hacer el viaje desde Hawaii!- inesperadamente reacciona el Licenciado Gabriel Oliver, representante de la madre y quien se había permanecido al margen de la discusión. -La sentencia está basada en nuestros argumentos, los mío y los de la Licenciada Torino aquí presente. Se revierte una sentencia basada en falsedades. El apelativo estudió nuestros argumentos y coincidieron con nosotros.-

-Ese apelativo nunca me citó, nunca solicitó mi opinión, ni tan siquiera me hicieron saber que estaban revisando el caso. Si me lo hubiesen advertido les hubiese dicho que la madre violó una estipulación que la obligaba a enviar a su hija para las navidades del 2011, que fue citada seis veces y que nunca compareció, que ustedes nunca argumentaron contra la acusación, todo lo que hicieron fue pedir un aumento a la pensión alimentaria. El Juez Nieves le concede la custodia a mi cliente y ustedes van dos veces al apelativo y una vez al Supremo y en las tres ocasiones le fallan en contra. El caso regresa al tribunal de familia para una determinación final y el Juez Montalvo vuelve a concederle la custodia a mi cliente basado en el testimonio de la trabajadora social, testimonio que ustedes no controvirtieron.

-Pasa más de un año. La sentencia es final, firme e inapelable por lo que jamás me imaginé que la revocarían. No volví a estudiarlo, entendía que había terminado. La sentencia argumenta que le violaron los derechos a la madre. Ella nunca compareció, sus tres apelaciones fueron rechazadas, pierde por quinta vez la custodia frente a Montalvo. El tercer apelativo no cuestiona la sentencia de Montalvo, argumenta contra Nieves solamente. Aparentemente no leyeron la sentencia de Montalvo o desconocen su existencia.-

-No la argumentan porque era totalmente falsa,- alterado Oliver vuelve a intervenir. -Esa trabajadora social es una embustera. Por eso la suspendieron.-

-El apelativo nunca cuestionó su testimonio,- Luis riposta. -La suspenden sin dar explicaciones, como si no hubiesen podido haberle encontrado una falta.-

-¡No era necesario dar explicaciones!- Oliver casi grita. -¡Es evidente que es una embustera!-

-Vamos a ponerla a testificar. Su oficina ubica dentro de este mismo edificio. Todo lo que tenemos que hacer es llamarla.-

-Esa trabajadora fue suspendida por un tribunal de mayor jerarquía. Yo no puedo permitir su testimonio,- Ortiz sorpresivamente interviene.

-En el expediente del caso está por escrito el testimonio del sicólogo que atendió a la niña. Ese profesional también testificó que la madre abusó de su hija y él no ha sido suspendido.-

-Es de suponerse que el apelativo estudió su testimonio y no le dio credibilidad.-

-La hermana del padre testificó lo mismo.-

-El apelativo tiene que estar consciente de ese testimonio también. Si concluyeron que a la madre hay que devolverle la custodia, deben saber algo que nosotros no.-

-Si saben algo que nosotros no sabemos están obligados a informarlo. Solo expiden una sentencia sin dar explicaciones.-

-¡Nosotros no somos quienes para cuestionar la palabra de un tribunal de mayor jerarquía,- argumenta Ortiz.

-¡Nosotros somos los llamados a cuestionar una sentencia tan absurda como esta!- casi grita Luis. -Para eso es que se viene a los tribunales, para argumentar.-

-Está fuera de orden,- el juez sube el tono de su voz. -Es impropio poner en tela de juicio la palabra de jueces una vez rinden su veredicto.-

-Parece que el sistema no lo sabe,- Luis replica. -A alguien se le ocurrió la idea de inventarse un tribunal supremo. Ahí se va a poner en tela de juicio la opiniones de los jueces.-

-La trabajadora social no será traída a esta sala y punto,- declara el juez.

-¿Por qué no?-

-¡Porque yo lo digo!-

Luis lo mira y se paraliza. No puede seguir argumentando. Su mente ha dejado de funcionar cuándo de repente nada le hace sentido. Ortiz y Oliver también callan pero dan la impresión de que están esperando por él.

-Vamos a dejar que Mikaelle decida con quién quiere quedarse,- después de lo que parece un largo rato, Luis hace un nuevo reclamo pero mostrándose un poco más más sosegado. -Tiene quince años de edad, está más que capacitada para tomar esa decisión. En adición, ella sabe a ciencia cierta si la madre abusó de ella o no.-

-No ha lugar.-

-¿Cómo que no ha lugar?- Luis una vez más reacciona alarmado. -Mikaelle tiene derecho a escoger a quien la custodie, ella le dijo a la trabajadora social que su madre abusó de ella.-

-Yo la voy a entrevistar, en privado, le voy a preguntar con quién quiere quedarse sin que ustedes puedan presionarla.-

Luis se queda callado, un intenso temor regresa a su mente. Trata por todos los medios de comprender lo que está pasando pero el temor que siente se agudiza y por más que se esfuerza le es imposible aceptar lo que viene a su mente.

Sergio y Mikaelle llegaron dos horas más tardes. Luis una vez más solicitó que la joven declare su preferencia pero Oliver argumentó que la joven estaba obligada a regresar con la madre aunque no lo quisiera. El juez procede a retirarse en compañía de Mikaelle, regresa unos quince minutos más tarde y en corte abierta anuncia que la entrevistó en privado y que ella le dijo que quería regresar con su madre. Luis se paraliza, el padre abre la boca pero nada puede decir. Por la mente de Luis pasa la posibilidad de que el juez esté mintiendo pero va contra el protocolo acusarlo.

Se sume en sus pensamientos y se aísla por completo de los procedimientos. Tanto Oliver como la Licenciada Torino argumentaron que la orden del nuevo apelativo tiene que ser respetada, que no hay margen para que en la sala de un tribunal de menor jerarquía se cuestione lo que han ordenado. Luis sigue esforzándose por aceptar lo que se ha dictado pero su mente permanece envuelta en confusión. Regresa a la realidad cuándo el Juez Ortiz le pregunta:

-¿Qué tiene usted que decir de todo esto?-

Luis lo mira, por su mente pasan argumentos que sabe no le van a aceptar y tarda en reaccionar.

-Ya yo le le he dicho lo que pienso,- es lo primero que dice. -En repetidas ocasiones le he dicho que no he tenido tiempo para prepararme. La sentencia me acaba de llegar, que me quedé totalmente sorprendido en lo que en ella se argumenta y más sorprendido con lo que en ella no se argumenta. Pero le prometo que para la próxima vista estaré mejor preparado.-

Ortiz lo mira como si no hubiese entendido, dio la impresión de que se disponía a decir algo pero como que en el último momento cambió de opinión. Al igual que Luis, pareció aislarse de los procedimientos por unos segundos solo para que después vuelva a expresarse.

-Creo que se ha argumentado todo lo que se puede argumentar,- es lo primero que dice. -Ya me siento preparado para dictar sentencia.-

-Usted no puede hacer eso,- Luis virtualmente grita.

-¡Usted está fuera de orden!- Ortiz reaccionó sorprendido.

-Esto es una vista,- Luis mantuvo un tono de voz alto.

-¡Lo voy a multar si me sigue faltando el respeto!-

-¡Esto no es un juicio! ¡Esto es una vista! ¡En las vistas no se dictan sentencia! ¡Y mucho menos en una vista que no se me permitió argumentar!-

-¡Si no argumentó fue porque no le dio la gana!-

-¡No argumenté porque es imposible que se pueda pretender que yo estuviese preparado para una vista para la cual se me citó hace unas horas! ¡Una vista para la cual todo lo que se espera es que yo exprese mi posición! ¡Y mi posición es que esto no puede estar pasando!-

-¡Ordeno a que la joven regrese con su madre! ¡Si no está en desacuerdo, apele!-

-El Tribunal Apelativo ordenó a la hija a regresar con su madre,- Luis sigue argumentando. -Su sentencia carece de valor, usted no puede ir por encima de un tribunal de mayor jerarquía, todo lo que puede hacer es seguir instrucciones. Ordenar que la joven regrese con su madre carece de sentido.-

-¡Ya es hora que se calle!- Ortiz grita. -¡Si está en desacuerdo, apele!-

Luis se lleva la mano derecha a su frente, cierra los ojos, suspira, no puede creer lo que ha escuchado, baja la cabeza, da la impresión de que trata por todos los medios entender lo que está pasando. Se ha dictado sentencia de mala manera, sin dar explicaciones. El protocolo todo lo que le permite es apelar. La vista ha terminado. Para los efectos prácticos, el juicio ha terminado.

-Esto no puede estar pasando,- Luis murmura pero el juez lo oye.

Ortiz entonces parece tener sus dudas, mira al abogado y da la impresión de que se requiere que explique lo que ha dictado.

-El apelativo ordenó que la joven tenía que regresar con su madre,- en un cambio evidente de actitud parece explicarse. -Ese es un tribunal de mayor jerarquía. No puedo llevarle la contraria.-

-Entonces, ¿para qué dicta sentencia?- Luis pregunta visiblemente confundido.

-Es un protocolo que hay que cumplir,- Ortiz le explica.

-Yo nunca había sido testigo de un protocolo como este.-

-Eso no quiere decir que no se lleve a cabo. El apelativo ordenó la vista. A mi no me queda más remedio que seguir sus instrucciones.-

-Esa no fue la impresión que yo recibí.-

Ortiz lo mira, no luce agraviado, simplemente se pone de pies y comienza a retirarse, solo que en ese momento entra a sala un oficial uniformado trayendo consigo lo que parece ser un voluminoso expediente.

-Buenas tardes, señor juez,- procede a dirigirse al estrado. -Traigo el expediente del caso. Solicito que se nos disculpe por la tardanza pero es que es tan voluminoso que nos tomó tiempo para tenerlo presentado de forma adecuada. Espero y confío que le sea útil.-

Ortiz no lo mira, baja la cabeza a la vez que hace continuos gestos en lo positivo que se podrían interpretar que acepta lo que se le dijo. Da la media vuelta y se retira en silencio. Luis todo lo que puede hacer es mirarlo más confundido que antes. Al juez se le ordenó que se familiarizara con el caso, como único puede hacerlo es leyendo el expediente que acaba de llegar a sala. Ortiz expresó en su comunicado de aceptación que se sentía preparado para presidir la vista.

Luis entonces hace una recapitulación tratando de comprender lo ocurrido, que días antes se le pregunta a los abogados de la madre cuándo puede estar presente, al día siguiente ese mismo tribunal le devuelve la custodia, suspenden a todo los jueces que intervinieron antes, nombran uno a quien se le pide que se familiarice con el caso, éste alega que está preparado para presidir una vista que de antemano se había señalado, le dicta un no ha lugar a su solicitud para que le permita prepararse, otro no ha lugar a su petición para que se le permita a la joven testificar, otro no ha lugar a a su petición para a la trabajadora social testifique, otro no ha lugar a que se le permita al sociólogo que atendió a la joven para que testifique, tampoco permite el testimonio de la tía, procede a repetir la sentencia dictada tres días atrás por un tribunal de mayor jerarquía. El expediente del caso que necesitaba para familiarizarse con el caso entonces llega a sala.

Al llegar a ese punto su mente deja de funcionar. Se esfuerza por comprender lo que ha analizado pero no le es posible, se ve obligado a hacer una nueva recapitulación, re-analiza todo nuevamente y al llegar al final, su mente vuelve a dejar de funcionar. Por tercera vez analiza lo que en par de ocasiones había hecho solo para que al final su mente vuelve a paralizarse. Tarda lo que parece una eternidad para que una explicación llegue a su mente y cuándo crea conciencia de lo que ha pensado parece caer en un trance.

-Esto no es posible,- en silencio se dice. -Esto no puede estar pasando.-

++++++++++++++++++++++

Cuándo Ernesto despierta ya Yaniz está en la cocina preparando el desayuno. Camina desnudo hasta dónde ella, la abraza, le da un beso y le pregunta:

-¿Desde cuándo estás despierta?-

-Hace como dos horas.-

-¡Dos horas! ¿Cómo es posible que te hayas levantado tan temprano? Con todo el ejercicio que hicimos anoche deberías estar desbaratada. Yo estoy que no puedo con mi alma.-

Ella sonríe pero cambia el tema.

-Estoy haciéndome un revoltillo. ¿Quieres?-

-¿No tienes suero? Creo que es lo que me hace falta.-

Ella vuelve a sonreír antes de comentar.

-No exageres.-

-No estoy exagerando. Estuvimos bateando por más de dos horas. Yo nunca me había visto obligado a jugar por tanto tiempo.-

-¿En serio? Nunca habías tenido una compañera como yo.-

-Nunca. Y espero no volver a tenerla. Es malo para mi salud.-

-Estás bromeando.-

-Hablo en broma y en serio. Eres maravillosa. Más que la Mujer Maravilla. Pero cuándo estés bateando no salgas en el avión invisible. Se te van a ver hasta las pantallas.-

-A mi siempre se ven las pantallas.-

-No esas pantallas, las otras.-

-Volverías a batear conmigo.-

-Necesito primero recuperarme.-

-Eres joven. ¿Cuántos años tienes?-

-Treinta. Aunque hoy me siento de cincuenta.-

Ella vuelve a sonreír, da la vuelta, lo abraza, le da un beso y le pregunta:

-¿No crees que hayan otras mujeres como yo?-

-Deben haber, pero no pueden ser muchas. Después de todo no estamos en peligro de extinción.-

En esta ocasión ella no sonríe, lo mira fijamente para después seguir preguntando.

-¿Cómo me ves?-

-Con los ojos.-

-¿Y qué es lo que ves?-

-Ya te lo dije, una mujer maravillosa. Supongo que podría tener una relación a largo plazo pero honradamente no sé por cuanto tiempo pueda resistir. Eres simpática, agradable, se puede hablar contigo, le das continuidad a lo que uno te dice. No traes a colación lo que te interesa. No pasas juicio, no te interesan nuestros defectos, pero afortunadamente o desafortunadamente no creo que me sea posible satisfacerte. Exiges demasiado, eres una fiera en la cama, me caíste encima como apagando fuego e inclusive después que se apagó, lo seguiste combatiendo.-

-Ya yo me había dado por vencido.-

Yaniz se limita a sonreír y que analiza lo que ha escuchado.

-Me da la impresión que pasaste juicio sobre mi persona. Nos conocimos anoche, no es como que hayamos tenido una sesión sicológica.-

-Tuviste una sesión sicológica. Es lo que estudio. Pretendo ser sicólogo. Siempre me ha interesado el comportamiento humano. No sé por qué. Desde niño preguntaba por qué haces esto, por qué haces lo otro. A mucha gente no le gusta eso. En ocasiones me trae problemas. Me amenazan si sigo preguntando.-

-¿Qué deduces de una actitud como esa?-

-Creo que están tratando de ocultar algo, que no les gusta mostrarse como son. Quieren que los veamos como gente importante.-

-¿Se los hace saber?-

-No es necesario. Si creo que se dan importancia, procedo a decirles lo importante que son. A eso nos dedicamos los sicólogos, a subirle la autoestima a la gente. De esa manera estarán más dispuestos a confrontar los retos que tendrán más adelante.-

-¿Cómo tú crees que los confrontaré?-

-Por falta de autoestima no será. Pero tenemos que estar conscientes de que cada cierto tiempo confrontaremos problemas difíciles para resolver. Ante ellos la autoestima no será suficiente. Tenemos que prepararnos para lo peor aunque lo más que probable es que no lo hagamos. Algunos problemas surgen de la nada. Puede que alguien de repente te ponga una pistola en el pecho y te ordene a que le entregues todo lo que tengas. En ese momento lo más prudente es hacerle caso pero mucha gente entra en pánico, no saben que los asaltantes están nerviosos, que saben que pueden ir a la cárcel y con frecuencia disparan aún cuándo sus vidas no corren peligro. Lo más prudente es estar preparado, ¿pero sabes de alguien que se prepare para una situación como esa? Es ilógico prepararse para el fin del mundo. Nada sacas con eso. Comoquiera llegará. Pero contra el asaltante puedes hacer algo, no entrar en pánico.-

-¿Crees que yo pueda confrontar una situación como esa?- Yaniz parece haber analizado lo que se le ha dicho.

-No tengo cómo saberlo. Acabo de conocerte pero lo más probable es que le ofrezcas el culo si las cosas se ponen muy malas. Sería una salida inteligente.-

Ella sonríe, parece analizar a lo que ha escuchado y de improviso predice el futuro:

-Espero nunca que tener que pasar por una situación como esa. Hay algunas cosas que yo jamás daría.-

++++++++++++++++++++++

De camino al tribunal Luis no sabe qué pensar, se celebrará la vista de entrega de la hija a la madre y busca cómo evitarlo. Se dictó sentencia, se le ordenó a su cliente regresar con su hija y pertenencias. Estando en espera Sergio le informó que Mikaelle le dijo que Ortiz nunca le preguntó con quién preferiría mantenerse bajo custodia pero que comoquiera ella le dijo que quería quedarse con él ya que el trato recibido por parte de la madre fue tan cruel que consideró el suicidio.

Luis trata de analizar lo que acaba de escuchar pero su mente se niega a aceptar lo que se ha implicado. Se vería obligado a acusar al juez de algo que no puede creer. El protocolo también le prohibe desmentir a un juez en corte abierta. En medio de sus pensamientos, Ortiz entra a sala, ocupa su lugar en el estrado, da con el mallete sobre el escritorio, llama a la atención y reitera que el propósito de la vista es devolverle la custodia a la madre. Anuncia que las estipulaciones que se establecieron para permitirle a la madre viajar a Hawaii con su hija vuelven a ser efectivas y que él se encargará de hacerlas cumplir con rigurosidad.

-Mikaelle tiene que regresar con el padre para el próximo receso primaveral,- Luis le advierte al juez tan pronto se le ofrece una oportunidad.

-¿Qué le hace pensar eso?- Ortiz pregunta.

-Es una de las estipulaciones que usted acaba de hacer efectivas.-

-Viajes tan seguidos pueden ser detrimentales para la joven,- de repente Oliver protesta. -Hawaii está a seis mil millas de distancia. Mañana ella hará ese viaje y en par de meses va a tener que hacerlo otra vez. Eso es un abuso.-

-Es una de las estipulaciones,- Luis insiste. -Estipulaciones sin equa non.-

-Pero son dos viajes seguidos de seis mil millas cada uno. Hay que ser considerados.-

-Mikaelle tiene quince años de edad. Los podrá asimilar.-

-Señor juez, por favor,- suplica Oliver.

-Está bien,- Ortiz reacciona. -Ese es un asunto que se puede resolver. Autorizo al padre para que haga el viaje.-

-Señor juez,- Luis se expresa en tono mesurado. -Usted acaba de decir que hará cumplir las estipulaciones con rigurosidad.-

-Las estoy cumpliendo,- Ortiz parece molestarse. -Todo lo que estoy pidiendo es que el padre haga el viaje. ¿Él quiere ver a su hija? ¿No es cierto?-

-No hay rigurosidad si no se cumple la estipulación al pie de la letra.-

-No es mucho lo que estoy pidiendo.-

Luis mira fijamente al juez y una vez más tiene un mal presentimiento. Desesperado intenta adivinar qué es lo que el juez pueda estar pensando pero éste vuelve a expresarse.

-Como requisito el padre tiene que informar al tribunal la fecha y el número de vuelo en que hará el viaje, así como el nombre de la hospedería y el número de la habitación donde va a pernoctar con su hija.-

-¿Con qué propósito?- Luis comienza a tener nuevas sospechas.

-Con el propósito de informárselo a la madre de manera que pueda estar preparada.-

Luis cierra los ojos, trata de deducir lo que Ortiz pueda estar tramando pero se siente obligado a preguntarle a su cliente si está de acuerdo con lo que el juez ha solicitado. Sergio luce confundido, da la impresión de que no sabe qué hacer pero termina por hacer un gesto indicativo de que acepta lo que se le ha ordenado. Luis tiene sus dudas pero no sabe cómo expresarlas, sumiso mira a Ortiz y le da a entender que su cliente no se opone a sus exigencias.

Vuelve una vez más a sumirse en sus pensamientos y trata de comprender lo que está pasando. No puede recurrir a sus memorias, nunca ha experimentado algo similar. Trata de acordarse de alguna experiencia que le haya contado alguno de sus colegas sobre algo parecido pero nada viene a su mente. Solo que entonces, unas súplicas le llaman la atención. Provienen de Mikaelle.

-¡Papá, por favor, te lo suplico, no le permitas a mi madre que me haga odiarte!-

Luis mira en su derredor y ve que los abogados de la madre así como ella se han aislado de lo que está ocurriendo. Mira en dirección del juez pero lo observa retirarse apresuradamente. Mira a su cliente y nota cómo su hija se le abraza con todas sus fuerzas. A su mente regresa el análisis que hizo el día anterior, que tres días antes se le preguntó a la madre que para cuándo podría estar preparada para asistir a una vista a señalarse a corto plazo, al día siguiente baja una sentencia que le devuelve la custodia, suspenden a todo el mundo, en tiempo record encuentra un juez para presidir la vista que se celebraría al día siguiente, le deniegan el tiempo solicitado para prepararse, el testimonio de la trabajadora social, el testimonio de quien ahora la ve como una víctima, el testimonio de un profesional que había determinado que la madre abusó de la hija, dicta la misma sentencia que un tribunal de mayor jerarquía había dictado, llega al punto final y su mente deja de funcionar.

Se esfuerza por captar las implicaciones, tiene que re-analizar lo que segundos antes había hecho, vuelve a llegar al punto final y le toma tiempo para que el mismo mensaje del día anterior regrese a su mente.

-Esto no es posible,- en silencio se repite. -Esto no puede estar pasando.-

++++++++++++++++++++++++

Yaniz barre la casa hasta que le llama la atención la actitud de su hija Helenia. Luce taciturna, mira hacia al frente, la mirada perdida, sumida en sus pensamientos.

-¿Estás bien?- le pregunta la madre.

La niña se limita a hacer un débil gesto en lo positivo pero sigue mostrándose sumisa.

-¿Te sientes triste?- la madre vuelve a preguntar al no quedar convencida.

Helenia permanece en silencio por varios segundos hasta que por fin delata lo que le preocupa.

-¿Dónde está papi?- pregunta.

Tomada por sorpresa, Yaniz no sabe qué decir, no sabe qué pensar pero sabe que tiene que responderle a su hija.

-Salió a trabajar bien lejos,- después de varios segundos es lo que se le ocurre decir.

-¿Y cuándo regresa?- Helenia no luce conforme con la respuesta.

-No sé, supongo que algo malo le pasó. No ha llamado, no ha enviado cartas ni mensajes de texto.-

Helenia analiza lo que le dijeron pero su nueva pregunta presenta un punto de vista distinto.

-¿Me quería mucho?-

-Te adoraba,- la madre responde con absoluta certeza.

Ambas guardan silencio pero Yaniz permanece observando a la niña en espera de otra reacción. Como sigue triste, se le acerca, se sienta a su lado y le dirige toda su atención.

-¿Por qué preguntas, mi amor?-

-En la escuela me molestan porque soy la única que no tiene un padre.-

-¿Qué te dicen?-

-Que tú no sabes quién es, que solo estuviste un rato con él y que se fue huyendo, que ningún papá quiere estar contigo y que yo nunca tendré uno.-

Yaniz cierra los ojos, respira profundo, trata con desespero reorganizar su mente, abraza a su hija y tarda en decirle algo que la pueda calmar.

-No te preocupes, ya encontraremos uno,- le dice sin pensar.

Helenia la mira como si pretendiera entender lo que escuchó. Está así por varios segundos hasta que pregunta al haberlo interpretado a su manera.

-¿Vas a comprar uno?-

Yaniz sonríe pero vuelve a bajar la cabeza y busca qué más decir. Por su mente pasa la posibilidad de que no le será posible conseguirle lo que le ha pedido. Analiza algo que nunca ha experimentado, la niña necesita un padre y es su responsabilidad conseguirlo. Para eso tendría que establecer una relación a largo plazo con alguno de sus amantes. Solo que lo único que ellos quieren es tener sexo. Una vez satisfechos desaparecen, algunos regresan con el mismo propósito pero sin algún otro interés. Se pregunta qué puede hacer, no cree que pueda establecer una relación a largo plazo con algunos con los que han compartido su cuerpo y concluye que lo mejor es dejar de ir a barras, que ahí todo lo que conseguirá serán individuos que quieren pasar un buen rato.

-Vamos a la playa para ver si encontramos uno,- opta por ofrecerle aliento. -Los padres no se compran, uno tiene que ganárselos con cariño.-

-¿No le tienes cariño a ninguno de tus amigos?-

-A todos los quiero mucho pero ellos tienen que trabajar, viajar a lugares lejanos y se les hace difícil regresar.-

Helenia la mira como si tratara de entender o creerle. Yaniz se percata de su actitud pero no quiere pensar que su hjja dude de su palabra. Analiza lo que le dijo, se pregunta si lo aceptó pero nada puede concluir. Ante la disyuntiva, hace un nuevo ofrecimiento.

-Mañana voy a la escuela contigo. Hablaré con las maestras, les diré que tus amiguitas te están molestando. Les diré que no te molesten, que no es tu culpa de que no tengas un padre, que de hecho lo tienes pero que no sabemos hacia donde se ha ido.-

Calla y mira a su hija quien luce confundida.

-Si no lo encontramos en la playa, ¿dónde lo buscamos?-

Yaniz vuelve a cerrar los ojos, su mente deja de funcionar pero está consiente de que tiene que responder.

-¿Qué hago- se pregunta. -No puedo así porque sí establecer una relación a largo plazo con uno de mis amantes.-

Se queda varada en sus pensamientos, sabe que tiene responder algo que en su origen parece sencillo pero que es totalmente ajeno a sus experiencias.

-Iremos al centro comercial,- después de un rato puede decir. -Si no lo encontramos ahí, lo buscaremos por todos lados. Tiene que haber alguien que quiera ser tu padre.-

Helenia la mira y parece esforzarse por aceptar lo que se le ha dicho. Yaniz lo nota y busca otra salida. No cree que pueda complacerla, no cree que pueda conseguirle un padre.

++++++++++++++++++++++

Luis está luce inmerso en preocupaciones. Carla lo nota, se le acerca y le pregunta:

-¿Se siente bien?-

Él permanece callado, como si no la hubiese escuchado o como si no la quisiese responder. Le toma tiempo para reaccionar.

-Hay algo raro pasando en el caso de Mikaelle. La única explicación que le encuentro es una que no quiero aceptar.-

-¿Cuál es el problema?- Carla ahora se muestra consternada.

-Un tercer Tribunal de Apelaciones le devuelve la custodia a una madre abusadora. De la noche a la mañana bajan con una sentencia que destituye a todo el mundo, nombra un nuevo juez que de inmediato alega que está preparado para presidir un caso que lleva más de cuatro años de litigio, se celebra la vista el día siguiente, se dicta la misma sentencia de dos días atrás, alega que Mikaelle le dijo que quería regresar con su madre, el padre me dijo que la hija le informó que el juez nunca le preguntó pero que comoquiera le dijo que quería quedarse con él pero aún así Ortiz se la devuelve a la madre, se re-establecen las estipulaciones que le permitieron llevarse a Mikaelle la primera vez para Hawaii, alega que las hará cumplir con rigurosidad y segundos más tarde las viola.-

Calla y mira a Clara en espera de su reacción pero ella no sabe qué decir.

-Ese tercer apelativo surge de la nada,- entonces él añade. -Nunca se me dijo que se estaba revisando el caso. La sentencia llega sin que se me hubiese ofrecido la oportunidad para presentar mi punto de vista. Los abogados de la madre alegaron en corte abierta que la sentencia responde a sus argumentos, argumentos que yo jamás escuché porque ni tan siquiera en esa vista presidida por Ortiz me lo hicieron saber.

-Ese tercer apelativo alega que Nieves le violó los derechos a la madre, que abusó de sus prerrogativas, que interrumpió una relación amorosa entre hija y la madre. Nada dice sobre la sentencia de Montalvo quien fue el que concedió la custodia final. Esos argumentos son falsos y fueron los que Doña Frances utilizó en sus apelaciones. El Supremo sostuvo la sentencia de Nieves y dado el caso de que no se argumenta contra Montalvo, la sentencia que están revocando es la de Nieves. Ese apelativo revoca a Montalvo argumentando contra Nieves. El proceso es tan atropellado que la que me no me permite ir al Supremo a apelarla, lo que hubiese detenido los procedimientos y me hubiese dado tiempo también para presentar una declaración jurada por Mikaelle en donde expusiera lo que le dijo a su padre, que su madre abusó tanto de ella que consideró el suicidio. Ortiz, los abogados de la madre y el tercer apelativo tienen que saber que el Supremo jamás sostendrá una sentencia como esa pero comoquiera se disparan la maroma.

-¿En qué demonios están pensando?-

-¿Y qué usted va a hacer?- ella pregunta.

-Apelar, decirle al Supremo que el apelativo erró en sus tres alegaciones, que Nieves no fue quien concedió la custodia final, que fue Montalvo, que lo hizo a base del testimonio de la trabajadora social, a quien destituyen sin dar explicaciones y que impide que podamos utilizar su testimonio, que ni Ortiz, ni los abogados de la madre ni el tercer apelativo argumentaron contra la sentencia de Montalvo.

-Esta gente se trae algo entre manos. Ellos tienen que saber que el Supremo jamás sostendrá una sentencia como esa. Los jueces del apelativo pueden ser desaforados, están revocando al Supremo, le están devolviendo la custodia a una criminal. Frances ha estado desacatando órdenes desde el origen del caso, recurrió a tribunales sin jurisdicción, llamó a la policía para informar que su hija estaba siendo secuestrada a sabiendas de que la juez en Hawaii también le concedió la custodia a Sergio.

-Algo extraño está pasando. Actúan como si pretendieran llevar a cabo algo imposible de comprender. Ortiz mintió al decir que estaba preparado, vuelve a mentir cuándo dice que Mikaelle quería regresar con la madre, dictó sentencia a una vista, la misma que días antes un tribunal de mayor jerarquía había dictado, viola las estipulaciones que segundos antes había dicho que haría cumplir con rigurosidad. Esta gente sabe algo que yo no sé, lo que pretenden no tiene posibilidad alguna pero comoquiera lo están intentando. Si se atreven a revocar al Supremo, devolverle la custodia a una abusadora, actuar de la forma atropellada como lo hicieron, tienen que estar dispuestos a continuar haciendo barbaridades. Se arriesgan a ser residenciados. Mikaelle está bajo la custodia de quien la llevó a considerar el suicidio y se la llevó a Hawaii, a más de seis mil millas donde no podemos protegerla.-

-¿A qué usted se refiere cuándo dice que la madre llamó a la policía para denunciar a Sergio?- Clara pregunta confundida.

-Cuándo Nieves le otorgó la custodia a Sergio, él fue a buscarla a Hawaii. Doña Frances recurrió por segunda vez a un tribunal sin jurisdicción para impedir que se la llevara. Le miente a ese tribunal cuándo le dice que asistió a las vistas ordenadas por Nieves, le fallan en contra ya que la juez sabe que miente, le conceden la custodia al padre quien estando de regreso a la isla es intervenido por la policía de ese estado en respuesta a una querella sobre secuestro. Sergio le muestra la sentencia y le permiten continuar.-

Clara analiza lo que se le dijo y luce como que no puede creerlo.

-Esa mujer se atreve a cualquier cosa,- es lo que por fin puede decir.

-Pero este apelativo le devolvió la custodia y Ortiz vuelve a hacerlo como si fuese su prerrogativa. Aquí está pasando algo que no puedo entender. Tanto Ortiz como los tres jueces del apelativo tienen que estar consiente que le han devuelto la custodia a una criminal. Tienen que saber también que cuándo yo apele se lo voy a hacer saber al Supremo. Sus títulos están en riesgo, pueden ir a la cárcel por lo que están haciendo pero comoquiera se corren el riesgo. Tengo entendido que la madre no tiene suficiente dinero como para poder sobornar a cuatro jueces, que la suma de dinero que se requeriría deben ser millones de dólares. No puedo creerlo, no puedo creerlo. Aquí está pasando algo que no puedo entender.-

Clara analiza lo que se le ha dicho, hace una recapitulación. Cuándo llega al final, su mente se va en blanco. Se siente obligada a re-analizar todo el asunto y cuándo llega al final, una vez más su mente deja de funcionar. Está así por un rato hasta que por fin algo llega a su mente.

-Esto no es posible,- se dice a si misma pero en voz alta.

-Esto no puede estar pasado,- el abogado añade.

++++++++++++++++++++++++

-¡Señorita Rivera!- la Señora González saluda a Yaniz al verla llegar a la escuela donde estudia su hija. -¡Qué bueno es verla por aquí! ¿En qué podemos servirle?-

-Helenia me dijo que sus compañeritas la están molestando,- de inmediato Yaniz presenta su querella.

-¿Cómo la están molestando?-

-Le sacan en cara que no tiene un padre y tal como lo expresa Helenia, es en tono de burla.-

-Me apena saberlo, pero creo que nada podamos hacer.-

-¿Cómo que nada pueden hacer? Ustedes son los administradores, los encargados no solo de educar a nuestros hijos si no también a requerirles disciplina.-

-Estamos hablando de niños de cinco años de edad,- la Señora González le señala. -A esa edad los niños actúan con entera inocencia. No hay malicia en lo que dicen.-

-Puede que no haya malicia pero mi hija está sentida, le duele que le hagan esa acusación.-

-No es una acusación, es un señalamiento que se atiene a la realidad. Tal vez usted pueda más que nosotros. Nosotros no podemos conseguirle un padre.-

Yaniz cierra los ojos, parece llenarse de paciencia y tarda en reaccionar.

-Creo que lo menos que deben hacer es hablar con las niñas, decirle que le hacen daño a una amiguita. No tienen que regañarlas, no es necesario que las disciplinen. No es eso lo que quiero, lo único que pido es que las eduquen para que no hieran los sentimientos de mi hija.-

-Está bien, está bien, hablaré con las niñas. Pero no espere milagros. Pero usted también debe tomar medidas. Su estilo de vida no es un buen ejemplo para su hija, la falta de un padre no se debe a la falta de candidatos, es al exceso de ellos, tantos, que se me ha dicho que usted no sabe cuales de todos es el padre.-

Yaniz baja la mirada, trata de mantenerse calmada, se dice que tiene que soportar lo que está ocurriendo por el bien de su hija.

-Lo tomaré en cuenta,- después de unos segundos de silencio puede entonces reaccionar. -Pero tal como usted dijo, no espere milagros.-

Se pone de pies, camina hacia la salida, mira hacia donde los niños juegan y nota que su hija está sola. Baja la cabeza, cierra los ojos, se pregunta qué puede hacer y camina hacia ella.

-No puede ir donde los niños,- la Señora González la alerta en tono de voz marcado. -Está prohibido.-

Yaniz se detiene, analiza lo que le dijeron y opta por sugerir:

-Venga conmigo,- le dice a su interlocutora. -Quiero que vea algo.-

La Señora González tarda en reaccionar, cuándo lo hace, con cierta resistencia se le acerca para al final preguntarle:

-¿Cuál es el problema?-

Yaniz se limita en señalar hacia donde está su hija, la aludida mira al lugar indicado pero no parece reconocer problema alguno y vuelve a preguntar:

-¿Qué es lo que está pasando?-

-No lo ve, mi hija está sola. No quieren jugar con ella. La desprecian, la tienen aislada, tal vez porque Helenia protestó.-

-Usted no tiene cómo saber eso.-

-¿Cómo que no tengo cómo saber eso? ¡Mírelo usted misma! Es obvio. Es lo que está ocurriendo.-

-Helenia siempre ha sido así, es una niña taciturna que no se relaciona con sus amiguitas.-

-No se relaciona porque le hieren los sentimientos.-

-Tal vez si usted fuera más comedida esto no estaría pasando.-

Yaniz calla, cierra los ojos, suspira, se llena de paciencia, se lleva una mano a la frente, quiere decir algo, argumentar a favor de su hija.

-Hable con las niñas, por favor, hable con las niñas,- Yaniz logra decir después de mucho esfuerzo. -Dígales que están hiriendo los sentimientos de mi hija. Yo veré lo que pueda hacer. Helenia me está pidiendo un padre. No están a la venta. No es tan fácil como parece.-

La administradora se queda callada y se limita a mirar a la visitante sin mostrar gestos reconocibles en su rostro. Yaniz se retira cabizbaja, no mira hacia atrás, no sabe qué efecto tienen sus palabras. No quiere saberlo.

++++++++++++++++++++++

-¿Qué te pasa?- Annie le pregunta a Luis al verlo preocupado.

-No sé lo que me pasa,- él no tarda en responder. -No entiendo lo que me pasa.-

La esposa lo mira y no parece poder comprender lo que le dijeron. Él se da cuenta de que se expresó mal y se apresura a explicar.

-Estoy pensando en el caso de Mikaelle. No puedo creer lo que está pasando. De la nada baja una sentencia que le devuelve la custodia a una madre que abusó de su hija. Le preguntan si ella puede asistir a una vista a ser llamada a corto plazo, ese mismo día consigue pasaje en medio de la temporada navideña, se lo informa a sus abogados, quienes se lo informan a los jueces, quienes ese mismo día terminan de redactar la sentencia y le devuelven la custodia. Al día siguiente el administrador judicial descubre que suspendieron a todos los jueces anteriores, ese mismo día nombra otro, ese mismo día ese juez informa que está listo, ese mismo día señala vista para el día siguiente. Le pido tiempo ya que la sentencia me llegó horas antes, me lo niega, le pido que le permita a la niña escoger con quién quiere quedarse, me lo niega y dicta sentencia, no a un juicio, a una vista, sentencia innecesaria ya que el tribunal apelativo lo había hecho. Al día siguiente se celebra la vista de cambio de custodia, anuncia que las condiciones que le permitieron a la madre llevarse a su hija para Hawaii están en pie, que las hará cumplir con rigurosidad y minutos más tarde las viola.-

-¿Cuál es el problema?- Annie da la impresión de que no entendió lo que le dijeron. -Me imagino que vas a apelar y que con esos argumentos es imposible que el Supremo te falle en contra.-

-Ese es exactamente el problema, a mi no me cabe duda de que el Supremo revocará al nuevo apelativo, pero los cuatro jueces tienen que saber eso y comoquiera le devolvieron la custodia a la madre. No solamente saben que van a perder, se está arriesgando que los residencien,-

Annie lo mira pero no sabe qué decir. Es evidente su confusión. Luis se percata de su dilema y vuelve a explicar.

-Si saben eso, ¿por qué lo hacen? ¿Por qué se arriesgan de esa manera? ¿Qué es lo que ellos saben y que yo no?-

-Tiene que haber algo más de lo que me has dicho,- Annie entonces parece tener sus dudas. -No es posible que se estén arriesgando como tú crees. Tienen que tener sus razones y tú, o no las captaste o malinterpretaste los hechos.-

-Tienen sus razones,- de inmediato reacciona Luis. -Solo que no son razones, son evidentes falsedades que empeora la situación. Están mintiendo y lo están haciendo descaradamente. Argumentan que le violaron los derechos a la madre. Eso no solo es falso, eso es imposible. Ella desacató seis órdenes de comparecencia lo que implica que renunció a su derecho. Apeló tres veces, le fallaron en contra las tres veces. Si le violaron los derechos, eses tres tribunales también se los violaron, uno de ellos el Supremo. El caso se vio en su fondo y una vez más le fallan en contra. Sumarían entonces serían cinco las veces que cinco tribunales distintos que le violaron los derechos.

-Los jueces del apelativo argumentan que Nieves abusó de sus prerrogativas. La madre no compareció, sus abogados no argumentaron, alegan que Nieves interrumpió una relación amorosa entre madre e hija. La madre fue encontrada culpable de abusar física y mentalmente de su hija.-

Annie sigue varada en sus pensamientos. Da la clara impresión de que tiene serias dudas a lo que su marido le está diciendo. Se esfuerza por entender lo que se le ha dicho, se esfuerza por creerle. Como no lo logra se da por vencida y mostrándose molesta, no parece sugerirle, mas bien parece ordenarle:

-Vete a jugar con tu hijo. Está solo en la sala con sus juegos de video. Debería estar haciendo algo mejor, compartir con su padre. Solo que a éste se le ocurre traer sus problemas a la casa.-

++++++++++++++++++++++++

Yaniz camina a través del supermercado buscando entre las góndolas lo que necesita. Helenia camina a su lado, a intérvalos se detiene, toma lo que le llama la atención, se lo muestra a su madre, quien casi siempre lo echa dentro del carrito. No siempre lo paga, a veces, cuándo la niña desvía su atención, lo echa a un lado esperanzada en que lo haya olvidado.

Llegan a la sección de productos de belleza y se detiene para estudiar lo que está a la venta. Desatiende a su hija y no se da cuenta cuándo se aleja. La echa de menos unos minutos más tarde, ausculta su derredor y avanza al no encontrarla. Comenzado a preocuparse, apresura el paso, la llama en voz baja tratando de no llamar la atención de terceros, la ve a la distancia y suspira aliviada. Nota que conversa con un extraño, quien parece prestarle toda su atención.

-¿Qué haces, Helenia?- le pregunta al tenerla cerca.

-Estoy hablando con papi,- es su inmediata respuesta.

-Usted está casada con un hombre bien parecido,- comenta el extraño sonreído.

Pero Yaniz ignora el comentario y se concentra en lo que debe decirle a su hija.

-Ese no es papi,- le dice en voz sumisa.

-Pero se parece mucho,- Helenia replica.

Yaniz como que se congela, no sabe qué hacer, no sabe qué decir. Le toma tiempo para reaccionar.

-Ese no es papi. No lo moleste,- por fin se expresa.

-No es molestia,- de inmediato el extraño reacciona. -Es una chiquilla encantadora. Estaría hablando con ella todo el día.-

-Pero tenemos que irnos,- Yaniz se apresura a presentar una excusa.

El extraño estudia el semblante de la desconocida y algo parece llamarle la atención.

-¿Qué le pasó al padre?- pregunta como si por curiosidad.

-Cogió el monte,- Yaniz responde de mala gana.

El extraño ríe y cuándo se calma, hace un ofrecimiento.

-Hay un McDonald aquí dentro. Las invito a que me acompañen. Pueden pedir lo que quieran.-

Yaniz lo mira, nota que su hija tiene puesta todo su interés en alguien cuyo aspecto es agradable y su vestir es atractivo. Reconoce que está sola, que probablemente esta noche no habrá quien la acompañe y a su mente regresan las observaciones de la Señora González. Nota que el extraño la mira con intensidad, se pone nerviosa y busca cómo ocultarlo. -

Oquey,- responde en un esfuerzo por mostrarse confiada.

-Pues adelante,- el extraño reacciona ufano. -Está cerca.-

Yaniz sonríe con timidez, extiende su mano derecha en la búsqueda de su hija, la toma, vuelve a sonreírle al extraño pero es nervioso su gesto.

-Vamos a pasar un buen rato,- él la alienta. -Su hija es encantadora. Parece que le hace falta un padre. No voy a decirle que estoy dispuesto a tomar su lugar pero trataré de brindarle confianza. No quiero decepcionarla. Primero tengo que convencerla a usted.-

Yaniz lo mira, capta la implicación y sin poder evitarlo concluye que tal vez no pasará la noche sola y que lo conseguirá sin ir a las barras que con frecuencia va. Por su mente pasa la posibilidad de que pueda establecer una relación a largo plazo, no por ella y si por su hija

-A mi hija le gustan las hamburguesas,- comenta lo obvio en un intento por ocultar su interés.

El extraño sonríe, analiza lo escuchado y procede a hacer otro comentario obvio.

-A mi también me gustan las hamburguesas. Acabamos de conocernos y ya encontramos algo que tenemos en común.-

-No nos acabamos de conocer,- Yaniz lo contradice. -Nos acabamos de encontrar. Conocernos toma más tiempo.-

-¿Qué sugiere?- el extraño le pregunta mirándola directamente.

Yaniz sonríe. Busca qué decir pero asume que su posición ha sido descubierta y que de nada valdría tratar de encubrirla.

++++++++++++++++++++++

Durante la vista, Luis escucha al Licenciado Delgado alegar que lo que se le ha ofrecido a la ex-mujer de Cristobal es mucho menos de la mitad de los bienes acumulados durante el matrimonio y que una vez más está tratando de engañarla.

-Ese hombre le fue infiel, le causó unas angustias agudas que de ninguna manera podrá compensar,- argumenta. -Aceptamos que por ley todo lo que le toca a Doña Ana es la mitad de los bienes acumulados. No le vamos a pedirle al cliente del Licenciado Hernández más de lo que está obligado a conceder pero consistente con su forma de actuar, está engañando otra vez a su mujer.-

Termina su exposición, mira de forma amenazante a Cristobal, quien baja la cabeza y entrelaza sus manos. Luis se pone de pies, le da palmadas suaves al hombro implicando que no se preocupe. Camina hasta frente al juez y comienza su argumentación.

-Don Cristobal le ha ofrecido a su ex-esposa mucho más de la mitad de su capital y muchísimo más de lo acumulado durante el matrimonio. Su oferta se debió al desconocimiento de sus obligaciones, a que está arrepentido y quiere de alguna manera enmendar su error para hacerle saber a su ex-compañera que prefiere no dar por terminada la relación. Fue un error humano, nacido de una necesidad básica. Celebraba con una mujer que conoce desde hace años el éxito obtenido de una inversión que ella le sugirió. Bebió más de la cuenta, se sentía eufórico, su mente se le nubla y no se percata de lo que hace. No hubo intensión de hacer daño, de poner en peligro su matrimonio, de serle infiel a su mujer.

-Fue un error del momento, se arrepintió y en un esfuerzo por recobrar su amor le ofreció no solo más de lo que está obligado, le ofreció más de lo que tiene. Su capital no llega a los cincuenta millones. Si se le obliga a darlo todo, se queda en la ruina y entonces no podrá mantener a sus hijos, quienes de todos modos no necesitan lo que se les está pidiendo. Cien mil dólares mensuales será mucho más de lo que necesitan.

-Ni se le ocurra imponerle los honorarios del colega. No podrá pagarlos. No podrá pagar diez, ni cinco, ni uno. Su cliente va a recibir millones. Por costumbre cobramos un por ciento de lo que le conseguimos a nuestros clientes, quienes son los que nos compensan. Pedírselo al mío es imponerle una multa por un crimen por el cual no se le ha acusado.

-Presenté un estado financiero de la sociedad de gananciales que pretendemos disolver. Es lo único que usted, su señoría, tiene para tomar su decisión. Si el Licenciado Delgado no está de acuerdo que presente su propio estado. No lo ha hecho. No lo va a hacer. Si lo hace será para confirmar el nuestro. Mi cliente es un neurocirujano de renombre, ha salvado muchas vidas, muchas vidas dependen de sus conocimientos. No pongamos en riesgo la salud de esas todas personas, seamos razonables. Nadie necesita tanto dinero y mucho menos a cuesta del sacrificio de un tercero. Este caso se resolverá en unas cinco vistas por lo que no es posible justificar unos honorarios como los que el colega está pidiendo.-

En su turno, Delgado hace hincapié en el desliz de Cristobal y lo cataloga como un crimen imperdonable, que los sentimientos de su cliente la han obligado a someterse a tratamientos sicológicos que de acuerdo con él le costaron una fortuna. En su turno de risposta, Luis le pidió que someta las evidencias, que él sometió las suyas.

Ambos abogados anuncia que descansan sus argumentos y que se someten al juicio del juez, quien indica que se reservaría el fallo para una fecha posterior pero que la habría de anunciar en poco tiempo. Les pide que sometan sus últimos argumentos y evidencias. Luis asume que a Alvarado no le quedará más remedio que fallarle a favor de su cliente. Carece de evidencias para dictar lo contrario.

+++++++++++++++++++++++

Yaniz despierta y suspira al ver que Armando aún está a su lado. Son cada vez son menos las veces que eso le pasa. Por su mente pasa la posibilidad de una relación a largo plazo, una que le permita a su hija tener un padre. Se pone de pies, va al baño, después a la cocina y comienza a preparar el desayuno. Un poco más tarde llega Helenia y pregunta por él.

-¿Y papi?-

-Todavía duerme,- es lo que puede decir pero con cierta pena ya que su hija está expresando unas esperanzas no necesariamente realizables.

-Lo voy a despertar,- dice la niña. -Quiero enseñarle mis muñecas. Tal vez quiera jugar conmigo.-

-Déjalo dormir,- se apresura la madre a sugerir. -Debe estar cansado.-

-¿Por qué va a estar cansado? Todo lo que hicimos anoche fue hablar.-

-Eso fue lo que hicimos anoche, pero me dijo que había trabajado mucho.-

-¿En qué trabaja?-

-Es contable.-

-¿Qué hacen los contables?-

Yaniz analiza la pregunta, se pregunta qué es lo que hacen, sabe que trabajan con números pero desconoce la intimidad del proceso. Sin embargo sabe que tiene que responderle a su hija y no quiere seguir mintiéndole. Tarde o temprano la verdad se habrá de saber y si la niña descubre que lo que se le ha dicho es falso, la madre no quiere pensar en las consecuencias.

-Vamos a preguntarle a Armando,- la madre sugiere

-¿Quién es Armando?-

-El hombre que conocimos ayer en el supermercado.-

-¿Papi?-

Yaniz vuelve a cerrar los ojos, busca con desespero qué decir, no puede coincidir con ella, no se atreve a pensar en el futuro, Armando no es su padre y no necesariamente querrá serlo. Sabe que tiene que responder, si no con la verdad, con cualquier otra cosa que no decepcione a su hija.

-No le llamemos papi todavía.- cree haber encontrado una salida.

-¿Por qué?-

-Le preguntaremos a él. Que nos diga qué hacen los contables y cuándo podemos llamarlo papi.-

Helenia se queda callada, mira fijamente a la madre, parece analizar lo que se le ha dicho pero nada entiende y la confusión abruma su mente. Quiere pensar que encontró un padre pero la madre parece haberlo puesto en duda. Se esfuerza por entender lo que se le dijo pero todo lo que quiere saber es que ha encontrado lo que con desespero necesita.

-Le estoy preparando desayuno,- Yaniz le dice pretendiendo desviar los pensamientos de la niña. -Los tres desayunaremos juntos.-

Mira a la hija, se percata de que parece analizar lo que le dijeron y que no sabe cómo interpretarlo. Busca qué más decirle, algo que la aliente pero que a la misma vez no le crea falsas expectativas. Más es evidente que se encuentra en un callejón sin salida. Las palabras que está buscando simplemente no existen.

++++++++++++++++++++++++

Clara nota a Luis inmerso en sus preocupaciones. Parece analizar lo que está viendo y concluye que si lo quiere saber va a tener que preguntarle. Un sexto sentido le advierte que tiene que ser cuidadosa, desconoce qué es lo que pueda estar pensando pero se imagina que es algo que parece afectarlo. Se le acerca, se detiene a su lado y espera a que lo note, mas él está totalmente concentrado en sus pensamientos y no parece darse cuenta.

-¿Se siente bien?- no le queda más remedio que preguntar

Luis la mira, permanece silente, como si no supiera qué decirle. Está consciente que debe responder pero permanece callado hasta que por fin algo llega a su mente.

-Estoy pensando en el caso de Mikaelle,- después de un rato Luis por fin puede admitir.

-¿En qué piensa?- ella luce confundida.

-En los hechos, en la dirección que apuntan.-

-¿En qué dirección apuntan?-

-Uno que no quiero considerar. Sería una tragedia de una magnitud incalculable, algo que no quiero pensar, algo que más nadie en el sistema judicial y que posea un grado mínimo de seriedad lo quiera considerar.-

Clara lo mira fijamente, se percata de su intensa preocupación pero no sabe qué pensar pues después de todo se limitó a implicar que algo malo está ocurriendo sin decir lo que es,

-Por favor, don Luis. Dígame lo que tiene en mente,- no le queda más remedio que solicitar.

-Todo apunta a un secuestro.-

Clara recibe el mensaje, trata de analizarlo pero permanece confundida cuándo tampoco quiere aceptarlo.

-La sentencia baja de forma atropellada,- el abogado comienza a explicarle. -Nunca se me informó que se estaba revisando el caso y por lo tanto nunca tuve la oportunidad para presentar mis argumentos. En menos de tres día preguntan cuándo la madre puede estar presente, al día siguiente baja la sentencia y señalan vista para la fecha que la madre sugirió, suspenden a todo el mundo y encuentran un sustituto que en cuestión de horas anuncia que está preparado. Yo me entero el día de la vista, pido tiempo, no estoy preparado, la sentencia me llegó unas horas antes y todo lo que hace el el juez es regañarme, dicta sentencia a una vista en donde no se argumentó el caso, miente al decir que Mikaelle le dijo que quería regresar con la madre, restablece las estipulaciones, las viola minutos después, le impone a Sergio la responsabilidad de ir a ver a su hija bajo las condiciones que también le impuso.

-Los argumentos del nuevo apelativo son patentemente falsos, nadie interrumpió una relación amorosa, Nieves no abusó de sus prerrogativas, no le violó sus derechos, no hacen mención alguna a la sentencia de Montalvo, revocan la de Nieves que fue sostenida por el Supremo, no argumentan contra la declaración de culpabilidad de la madre, ni los jueces de ese apelativo ni los abogados de la madre.

-Los jueces del apelativo tienen que saber que su sentencia va a ser apelada y no pueden querer que el Supremo se entere que le devolvieron la custodia a una madre abusadora. Tienen que saber que el Supremo no solo los revoque de forma contundente si no que también le pidan explicaciones que podría llevarlos al residenciamiento.

-No argumentan contra Montalvo porque no pueden explicar por qué le devuelven la custodia a una criminal. No puedo comprender qué les hace pensar que al yo apelar no traiga a colación ese punto. Qué saben ellos que yo no sé, qué los hace pensar que no van a ser revocados. Aquí hay gato encerrado y no tengo la más vaga idea en qué están pensando.-

Clara lo mira en evidente confusión. Ella también leyó la sentencia del apelativo, coincide con su jefe de que fue una decisión errada, pero no sabe qué creer. Prefiere pensar que los jueces erraron de buena fe y busca con desespero cómo explicarle a su jefe que no puede ser como él piensa pero por más que se esfuerza no encuentra argumentos que la puedan ayudar. Permanece callada mientras Luis se sume en sus pensamientos y están así por largo rato hasta que por fin a ella le llega su mente algo que puede decir.

-Hemos ganado este caso cinco veces,- le recuerda. -He trabajado con usted desde el principio del caso, a mi también se me hace difícil entender el razonamiento de esa gente.¿Será posible que hayan descubierto algo que les haga pensar que es razonable devolverle la custodia a la madre.-

-Si encontraron algo era su deber indicarlo. No es legal que retengan argumentos o evidencias y no me permitan estudiarlas, presentar mis argumentos y que se pueda concluir que se han equivocado. El protocolo exige que se muestren todas las evidencias y argumentos a las partes. No es legal ni razonable ocultar hechos.-

Clara vuelve a analizar lo que se le ha dicho, sabe que el abogado tiene la razón pero obstinadamente se esfuerza por encontrar algo que le permita sembrar dudas al razonamiento de su jefe. Le parece inconcebible que tres jueces de uno de los tribunales de apelaciones del país así como uno de los jueces de un tribunal de familia conspiren para cometer un secuestro. Solo que después de un largo rato de un largo silencio a su mente llega la posibilidad de que él esté en lo correcto.

-Esto no es posible,- se dice en silencio. -Esto no puede estar pasando.-

++++++++++++++++++++++

-¿Dónde está papi?- le pregunta Helenia a su madre al despertar al día siguiente.

-Salió a trabajar,- Yaniz responde como si hubiese estado esperando la pregunta.

-¿Cuándo a regresa?-

-Va a tardar,- dice la madre con los ojos cerrados. -Tuvo que viajar a otro país.-

-¿Por qué tuvo que viajar a otro país?-

-Es parte de su trabajo, son muchos los que tienen que viajar para poder cumplir con sus obligaciones.-

Helenia la mira en silencio, da la impresión de que trata de entender lo que se le ha dicho. Yaniz se percata de su actitud pero no sabe qué decir. Cree que tiene que ofrecerle una explicación mejor que la que ofreció, pero si lo hace, de seguro no se atendrá a la verdad. Ya le mintió al decirle que Armando tuvo que viajar, teme que inclusive que no regrese. No quiere pensar que él esté envuelto en otra relación y que lo ocurrido las dos noches anteriores hayan sido tan solo momentos de placer.

-¿Por qué no vamos a verlo al trabajo?- Helenia interrumpe sus pensamientos.

-No sé hacia dónde tuvo que viajar, no me lo dijo, parece que se le olvidó.-

-Pero va a venir pronto, ¿verdad?,- la niña añora.

Yaniz baja la cabeza, cierra los ojos, se cubre la frente con una mano. No puede seguir mintiendo pero tampoco puede decir la verdad. Ni tan siquiera la conoce. Armando se despidió con un beso apasionado, le dijo que no olvidaría lo ocurrido las dos noches anteriores pero tampoco le dijo si volvería. Tarda en reaccionar, sabe que tiene que decirle algo, no se atreve a mirar a su hija pero sabe que espera una explicación. Helenia la mira tal como su madre sospecha y es evidente su desespero.

-Va a volver, ¿verdad?- Helenia instintivamente presiona.

Yaniz parece suplicar, se arrodilla frente a su hija, la abraza, se funde en sus miserias y al final se siente obligada a confesar.

-Lo siento, mi amor, lo siento.-

Helenia se esfuerza por interpretar esas palabras. Carece de la experiencia que le advierte que lo peor ha sucedido, si por su mente esos pensamientos se hicieron presentes, entonces haría el mayor de sus esfuerzos para rechazarlos pero todo lo que puede hacer es permanecer callada, mirando a su madre en espera de mayores explicaciones. Solo que tardarán en llegar ya que Yaniz ha comenzado a llorar. Le toma tiempo para recuperarse y cuándo lo logra se percata de que su hija sigue esperando por ella. Su confesión en nada ayudaron a Helenia a comprender lo que su madre quiso decirle y busca con desespero una nueva explicación. No quiere mentirle pero esa parece ser su única opción.

-Los padres tienen que trabajar mucho,- Yaniz comienza a explicar. -Yo sé que eso es algo difícil de entender. Todos queremos estar con los seres que amamos siempre, pero la vida nos obliga a tener que separarnos aunque sea solo por algunos momentos.-

La madre vuelve a mirar a su hija, quiere creer que la niña ha aceptado su explicación pero al verla nota en su rostro gestos de confusión. La toma por una mano, camina en dirección de un sofá, se la lleva a su falda, la abraza y busca con desespero una nueva explicación que su hija pueda aceptar solo que pasa el tiempo y nada llega a su mente.

-¿Cuándo regresa?- pregunta Helenia como si la explicación le hubiese ofrecido una esperanza.

Yaniz sabe que tiene que responder, su hija espera y lo que espera son buenas noticias.

-Pronto regresará,- opta por decir cuándo tiene el claro presentimiento de que eso nunca ocurrirá.

Mira a su hija y ve que es evidente de que Helenia no parece haber entendido o que tiene sus dudas. Yaniz busca qué más decir hasta que se le hace evidente de que ha llegado al final del camino. Intentó decirle la verdad pero tal como la presentó su hija no la entendió y por más que se esfuerza, no encuentra una salida.

++++++++++++++++++++++++

-¿Estás bien?- Annie le pregunta a su esposo al verlo envuelto en sus pensamientos.

Él reacciona sobresalto, como si hubiese sido tomado por sorpresa y se hubiese asustado.

-Si, claro, estoy bien, no hay problema,- responde en evidente contradicción a lo su esposa observa.

-No lo parece,- ella comenta.

-¿Cómo que no lo parece?-

-Se te ve preocupado, como si tuvieses un problema del que no te puedes desprender.-

-Bueno,- su actitud cambia como si se percatara de que no le queda más remedio que explicarse. -No es un problema. Son dos. Aunque si se analiza puede que sea uno.-

Annie lo mira extrañada, no pareció haber entendido lo que se le dijo.

-Lo que me has dicho no tiene sentido. Necesito que me lo expliques.-

-Tengo dos problemas, Sergio y Cristobal. A uno le secuestraron la hija, al otro lo están tratando de defalcar.-

-Oquey, son dos. ¿Cómo es que si lo analizas es uno?-

-Son dos casos de corte, dos asuntos legales. Uno va a los tribunales a pedir ayuda cuándo por su cuenta no puede resolverlo. Se supone que los jueces te ayuden o te digan que estás equivocado, que fallen a favor del que presentó los mejores argumentos. Pero en ambos casos los jueces parecen haber tomado decisiones aún cuándo los elementos de juicio apuntan en la dirección contraria.

-En el caso de Cristobal, Delgado sometió un estudio financiero que indica que el capital acumulado en el matrimonio asciende a más de cien millones de dólares. Alvarado me solicita que le revele cuál es mi posición dando la clara impresión de que lo está considerando.

-A Sergio, cinco tribunales le concedieron la custodia de su hija. En el primero la madre nunca compareció, sus abogados nunca argumentaron. Apelan tres veces y las tres veces le fallan en contra. Un segundo juez del tribunal de familia vuelve a fallarle en contra cuándo se testifica que ha abusado de su hija. De la nada surge un tercer tribunal apelativo que supuestamente revoca la última sentencia argumentando contra la primera, censura al juez que la dictó a pesar de que su dictamen fue sostenido por el Supremo. Argumentan contra Nieves solamente, ignoran por completo al segundo juez, Montalvo.

-¿Qué vas a hacer?- la esposa le pregunta cuándo de improviso él se queda callado.

-¿Qué fue lo que hice? debe ser la pregunta,- su mirada de forma extraña le explica.

-¿Qué fue lo que hiciste?- ella parece acceder.

-Apelé.-

-¿Qué apelaste?-

-La sentencia del tercer apelativo.-

-¿Y qué pasó?- de repente Annie presiente el peligro.

-Me fallaron en contra.-

-¿Cómo que te fallaron en contra?-

-Me dieron un no ha lugar.-

Annie lo mira fijamente, da la impresión de que no entiende y que espera una explicación.

-No comprendo cómo fue posible,- Luis reacciona al notar la actitud de su mujer. -Me dan un no ha lugar implicando que mi caso carece de méritos. Tengo cinco sentencias a mi favor. El tercer apelativo le devolvió la custodia a una madre abusadora, acusación nunca controvertida ni por sus abogados ni por el propio tercer apelativo. Me dan un no ha lugar que implica que no me van a dar explicaciones porque entienden que no tengo caso.-

-¿Y qué vas a hacer ahora?-

-Pedir una reconsideración.-

-¿Cómo que pedir una reconsideración?'.

-Pedir que vuelvan a considerar mis argumentos, que entiendo que se equivocaron.-

-¿Le vas a decir a los jueces del Supremo que se equivocaron?- Annie pregunta cuándo parece entender que la reacción de su marido es insólita

-Sin más remedio. Se equivocaron. Están sosteniendo una sentencia que le devuelve la custodia a una madre abusadora. Pero tengo que re-enfocar el caso desde otro punto de vista, uno que les haga claro que tienen que intervenir, que dar un no ha lugar no resuelve el problema.-

Annie lo mira, parece estar en desacuerdo, que entiende que el que se ha equivocado lo es él. Luis se percata de su actitud y trata de tranquilizarla.

-No te preocupes. Esto es algo que ocurre todos los días. Uno va a los tribunales a argumentar un punto de vista, el colega va a argumentar lo contrario. Uno puede prevalecer si convence a los jueces o si los confunde. No me explico cómo es posible que el Supremo se haya equivocado. Nunca se argumentó a favor de la madre, una de las sentencias la catalogan de criminal. Sin argumentos el tercer apelativo le devuelve la custodia y el Supremo la sostiene. Algo malo está pasando. No es posible que el Supremo se equivoque de esa manera. Alguien hizo algo para provocar ese resultado. Los jueces del Supremo no pueden ser tan brutos.-

-Tengo que preocuparme,- Annie evidentemente no luce convencida. -Tal como me explicaste el caso originalmente me parece imposible que el Supremo te haya fallado en contra. Es más lógico suponer que en algún punto te equivocaste. Lo que me has dicho no me dejan pensar que te hubiesen podido fallar en contra, pero lo hicieron. Te fallaron en contra tres jueces del apelativo, un juez de familia y ahora los nueve jueces del Supremo. Me es imposible creer que el que se ha equivocado no lo seas tú. Va en contra de las probabilidades, en algún punto malinterpretaste los hechos o simplemente te has equivocado por completo.-

-Estoy de acuerdo,- sorpresivamente Luis coincide con su esposa. -Y estoy de acuerdo porque la alternativa sería que se cometió un crimen, no que se hayan equivocado. Desde un principio tenía mis dudas sobre un tribunal de apelaciones que le devuelve la custodia a una madre que abusó de su hija. Mis dudas se agudizaron con un proceso atropellado que se realizó en tiempo record, la actitud del Juez Ortiz solo puede ser razonablemente descrita como un acto criminal. No es creíble que él haya estado preparado para presidir los procedimientos, no le permite a la testigo principal del caso a declarar, miente al decir que la niña le dijo que quería regresar con su madre, dice que las estipulaciones que le permitieron a la madre llevarse su hija para Hawaii están nuevamente vigentes para minutos después violarlas, le ordena al padre a que informe los datos del viaje a la madre para concederle permiso a ver su hija cuándo tenía derecho a recibirla de gratis.

-No tengo explicaciones para la sentencia del Supremo. Es insólita, señalé las barbaridades en los que el tercer apelativo incurrió, le devolvieron la custodia a una madre abusadora, argumentaron que Nieves interrumpió una relación amorosa entre la madre y la hija, la madre desacató seis órdenes de comparecencia, violó el acta para la prevención del secuestro parental al recurrir en dos ocasiones a tribunales sin jurisdicción, Montalvo la encontró culpable de abusar de su hija, sus abogados ni el apelativo lo pusieron en duda, violó las estipulaciones que la obligaban a enviar a su hija para que estuviera con el padre durante las navidades.

-El Supremo tiene que saber todo eso. Ya anteriormente le fallaron en contra cuándo se apeló la sentencia de Nieves e inclusive la regañaron por sus continuas violaciones. Es insólito lo que está pasando. Aquí tiene que haber algo más, algo que yo no sé, algo que se me ha ocultado. Me es imposible aceptar esta sentencia del Supremo, me es imposible comprenderla.-

Luis calla y se sume en sus pensamientos. Annie lo mira a la vez que se esfuerza por creerle. Fueron sus propias palabras las que sembraron dudas en su mente. A ella también se le hace imposible creer que el Supremo le haya fallado en contra bajo esas condiciones. Concluye que su marido tiene que estar equivocado, malamente equivocado. No puede ser como él alega. Algo ha malinterpretado o en su defecto su competencia en los tribunales se ha desplomado.

++++++++++++++++++++++

-Tú y yo somos dos casos extraños,- sonreída le dice Sandra a Clara. -Estamos solteras y casi sin dinero. Los únicos pretendientes que hemos tenido se están muriendo de hambre, tienen menos que nosotras. Quién sabe si ya se murieron pues hace tiempo que no los he visto.-

Clara ríe para luego anunciar.

-Yo tengo a uno en la mirilla. Tiene chavos, está buenísimo, es sumamente considerado, educado, trabaja en mi oficina.-

-¡¿Quién!?- Sandra reacciona entusiasmada.

-Luis.-

-¿Cómo que Luis?-

-Mi jefe, nos llevamos de lo más bien, lo compartimos todo. Estamos envueltos en dos casos que nos obligan a desempeñamos al máximo. Él depende por completo de mi para poder prevalecer. Sin mi va a fracasar.-

-Luis es un hombre casado.-

-Nadie es perfecto.-

Sandra permanece callada, mira a su amiga y parece preguntarse si le está hablando en serio.

-No te preocupes. Yo sé lo que hago,- Clara añade al notar su actitud. -Hace años que nos conocemos. Confía en mí, viene donde mi cuándo las cosas le van mal, se desahoga conmigo. Tiene dos casos donde se están cometiendo barbaridades, es como para no creerlo. Yo lo escucho, admito que a veces se me hace difícil pero creo que su esposa piensa que está malamente equivocado.-

-¿Tu jefe te ha dicho eso?- Sandra pregunta extrañada.

-No en esas palabras, pero es lo que me ha dado a entender,- Clara trata de aclarar.

-Eso no necesariamente quiere decir que ella no entienda. Reconozco que los casos de los tribunales son complicados pero tu jefe tiene que saber eso. Si está verdaderamente enamorado de su mujer, de seguro sabrá explicarle.-

-Ya te dije que no entiende, que es peor, aparentemente no le cree.-

-¿Y te vas a aprovechar de esa situación?- Sandra pregunta en un tono de voz que parece reprenderla.

-No es que yo me aproveche. Él es mi jefe, trabajamos juntos, estoy obligada a ayudarle en todo, tomo dictados, aprendo lo que se discute en los tribunales, entiendo cuándo me dice que le fallaron en contra por error, la mujer no.-

-Te estás entrometiendo en su matrimonio. Te estás aprovechando de una condición sobre la cual no debes ni tan siquiera pensar. Si sabes que ella no entiende, tú, como mujer puedes decirle qué es lo que pasa. Es probable que él no sepa explicarle, los hombres ven las cosas desde puntos de vista que nosotras muchas veces no comprendemos.-

-Yo entiendo lo que él me explica, no requiero ser hombre.-

-Entiendes porque estás envuelta en sus casos todos lo días, es tu trabajo, es a lo que te dedicas, le prestas atención a sus argumentos, es tu obligación. Su esposa puede que esté un tanto aislada de su profesión, es probable que le comente alguno de sus casos pero no todos y de seguro no profundiza. Y como no está preparada como tú lo estás, se le hace más difícil.-

-Eso no quiere decir que me estoy entrometiendo en su matrimonio.-

-Eso es lo que exactamente quiere decir. Te estás aprovechando de sus dificultades, es tu deber ayudarlo, aún en su matrimonio.-

-Los matrimonios llegan a su fin. Mis dos matrimonios llegaron a su fin. No me estoy poniendo joven, se me está acabando el tiempo, dentro de un par de años nadie se va a interesar por mi.-

-Nadie se va a interesar por ti debido a esa actitud. La gente decente no se aprovecha de las miserias de las demás.-

Clara calla, el último comentario la tomó por sorpresa ya que está implicando que está actuando mal, le está recomendando que se mantenga al margen de los asuntos personales de su jefe cuándo ella cree que es la esposa es la que está actuando mal. No quiere pensar que sea ella, se siente sola, cree que si no consigue alguien que la acompañe en poco tiempo, permanecerá sola el resto de su días.

-Clara, por favor, préstame atención,- la amiga vuelve a presionarla. -Lo estás haciendo mal. Tú no eres esa clase de persona. Tú eres una mujer decente. Tarde o temprano alguien se fijará en ti. Todo lo que tienes que hacer es tener paciencia.-

-El tiempo está pasando, cada vez son menos los hombres que me miran. Me estoy vistiendo cada vez con menos ropa. Estoy enviando señales de auxilio que nadie capta. No quiero pasar mi vejez sola. Tal vez no lo estoy haciendo bien, pero carezco de alternativas. El matrimonio de Luis luce en peligro y tal vez todo lo que tengo que hacer es esperar. Pensé que comprenderías. Tú también te has divorciado, las relaciones que hemos tenido desde entonces no han funcionado. Tal vez te conformes con nada.

-Yo no.-

Sandra baja la cabeza, suspira, se envuelve en sus pensamientos, busca qué más decirle a su amiga para que entienda pero no sabe qué pensar.

++++++++++++++++++++++

Sentada frente a una barra, Yaniz luce inmersa en sus pensamientos. Por lo general se sienta sola a esperar a que alguien se le acerque, uno que se sienta como ella y la lleve lo más pronto posible a una cama. Son muchas las veces que extraños son quienes la acompañarán. Es probable que Helenia los haya visto pero que en aquellos días no le llamaron la atención.

Pero ¿qué pasará si los ve ahora? Lleva años pasando por la mismas experiencias pero de repente tiene que pensar en las consecuencias. Antes eran amistades y familiares los que ponían en tela de juicio su carácter. Ahora tiene que pensar en su hija. Quiere un padre y existe la posibilidad de que entre los que con muchos ha tenido sexo puede que haya uno que quiera serlo.

-Pero, ¿cuál?- Yaniz se pregunta. -No todos son buenos candidatos, la mayoría no llenan los requisitos. Nos conocimos en una barra, horas después, quien sabe si minutos después, compartimos relaciones íntimas y al día siguiente desaparecen. No puedo esperar que alguno de esos quiera ser el padre de mi hija. Pero es todo lo que tengo y es muy tarde para dar marcha atrás. Llevo años haciendo lo mismo, no puedo controlarme, el deseo me domina. Muchos puedan controlarse pero ¿para qué? Necesitamos el sexo, unos más que otros, pero lo necesitamos. Pero ahora tengo que pensar en mi hija, la persona con quien cuento para pasar mi vejez. Llegará el día en que ella tenga que hacer su vida sin mi. Es la ley de la naturaleza. Sé que nunca me abandonará, pero solo si le consigo un padre.-

Yaniz deja de pensar, no quiere seguir pensando, lo que ha pasado por su mente no es muy auspicioso. Está sola y fuera de su hija, nadie la acompaña. Es cierto que muchas veces lleva a alguien a su cama. Pero solo son compañeros por un rato, la mayoría ni tan siquiera amanecen con ella y los otros puede que se queden para el desayuno pero no tardan en desaparecer.

Sin darse cuenta está pasando juicio sobre su comportamiento. Por años ha sido censurada por su estilo de vida, la han descrito como prostituta a pesar de que no cobra por lo que hace en la cama. No le importaba que piensen así pero ahora confronta un dilema. Su estilo de vida le ha creado una reputación que merma las posibilidades para encontrarle un padre a su hija. Por años pensó que era el mejor ya que a nadie tiene que rendirles cuentas, hace lo que quiere, si piensan mal de ella, ese es el problema de otros, el único que confronta es satisfacer su necesidad pero ahora tiene de frente uno mayor, uno que nunca se imaginó que existiera, su hija quiere un padre.

Va a las barras en busca de compañía, no le importa que sea para un rato. Pero ahora todo ha cambiado, las relaciones no pueden seguir siendo tan solo momentos de placer. Una hija espera por ella. Si ha de seguir actuando como antes lo menos que debe hacer es tratar de establecer una relación duradera. Helenia estará dormida para cuándo regrese. Cuándo despierta, rara vez se entera que hubo alguien más en la casa pero puede que de ahora en adelante se tope con individuos que tal vez considere figuras paternales. Nunca le ha hablado de su hija a esos que por ratos la acompañan pero en lo sucesivo tendrá que hacerlo, se pregunta cómo reaccionará Helenia, si querrá saber quién es el nuevo extraño que la acompaña, por qué no es Armando.

Yaniz sabe que la niña no pasará juicio sobre su comportamiento. Nada sabe sobre las reglas concerniente a los los adultos, que se espera que se mantengan dentro de una relación monogamia. Tampoco sabe que las personas que tienen relación con muchos no son bien vistas por sus homólogos. Y si esas personas provienen de barras a las que fueron con la intensión expresa de encontrar a alguien al azahar, pasar la noche con ella para después desaparecer, ¿qué pensará Helenia entonces?

El deseo la tortura, quisiera compartir más con su hija, establecer una relación monogamia, pero para ella es difícil. Se le reconoce como libertina y es improbable que hombre alguno quiera establecer una relación a largo plazo. Tal vez deba mudarse donde se desconozca su reputación y donde pueda empezar de nuevo. Solo que su residencia está cerca del lugar donde trabaja, donde aceptan su comportamiento y en donde tiene amistades que no pasan juicio sobre sus actos.

-Hola,- de repente un extraño le dice.

Yaniz reacciona sobresalta, como si hubiese sido tomada por sorpresa.

-Hola,- tarda en replicar.

-¿Te sientes bien?- pregunta el extraño.

-Oh, si claro.-

-No lo parece.-

Yaniz se congela y no sabe cómo reaccionar. De repente se siente confundida, dando la impresión de que es novata en el medioambiente que la rodea.

-Estaba pensando en mis problemas,- le dice reconociendo que tiene que explicar su reacción. -Tengo una hija de cinco años que necesita un padre y no sé cómo conseguirle uno.-

El extraño la mira como si hubiese descubierto una momia que habla. Guarda silencio como el que teme por su vida a la vez que trata de comprender lo que se le ha dicho. No parece ser un tema que haya confrontado anteriormente y que sea de su agrado.

-Buena suerte,- le dice y se aleja como el que teme a algo contagioso.

++++++++++++++++++++++

-¿Cuándo vas a atender a tu hijo?- de improviso Annie le pregunta a su esposo.

Luis tarda en responder, parece analizar lo que se le ha preguntado y le toma tiempo para reaccionar.

-Ahora mismo, ¿Donde está?-

-En la sala, jugando juegos a solas, como siempre.-

Luis se pone de pies y camina de prisa hacia donde se le dijo pero una pregunta de la esposa lo detiene.

-¿Cómo es que tengo que decírtelo cuándo tú deberías saber lo que tienes que hacer?

Luis parece analizar la pregunta y tarda en responder.

-No puedo dejar de pensar en los casos de Cristobal y de Sergio.-

-¿Cómo es posible que se te ocurra traer los problemas de tu trabajo a la casa?-

-No los traigo, me persiguen.-

Annie lo mira como si no hubiese entendido y tarda en reaccionar.

-Puedo comprender que por lo que estás pasando te sea difícil aceptar pero no así tu hijo. Muchas veces me ha preguntado que por qué tú no juegas con él.-

-¿Qué les ha dicho?-

-Que tienes mucho trabajo.-

-¿Aún cuándo estoy en la casa?-

-Le digo que estás cansado.-

-No le digas eso, es a mi a quien tienes que reprender. Recuérdame que tengo que atender a mi hijo. Estoy actuando mal pero no me doy cuenta. Me he dejando abrumar por problemas de otros. No debería ser así. Tienes que ayudarme.-

-¿Tengo?-

-No, claro que no. Me expresé mal. Quiero que me ayudes por el bien de nuestro hijo, por el bien de nuestro matrimonio. No te quiero fallar. No le quiero fallar a Luisito. A ustedes son los más que quiero. No sabría qué hacer si me faltaran.-

-Yo creo que sabes. Si te esmeras tanto por tus clientes es porque tus prioridades no están en su sitio.-

-Por favor, ayúdame. Te necesito. Necesito a mi hijo. Por ustedes es que me levanto todas las mañanas a trabajar. Pero supongo que de la misma manera que yo me esmero por ustedes, me esmero por mis clientes.-

-Te esmeras más por ellos que por nosotros,- Annie le advierte

-Lo siento,- sumisamente reacciona su marido. -Te prometo que cambiaré, que en lo sucesivo ustedes serán lo más importante.-

-No se supone que sea en lo sucesivo, se supone que sea así siempre.-

-Lo siento, lo siento, lo siento.-

-¿Cuál es el problema ahora?- Annie parece preguntar de mala gana.

Luis como que no puede responder, no parece comprender la pregunta, da la impresión de que no la esperaba.

-Pensé que no querías saberlo- es lo que se le ocurre decir.

-¿Qué te hace pensar que no quiero saberlo?-

-Me acabas de regañar por traer los problemas de mi profesión a la casa.-

Annie lo mira, se queda callada, parece analizar lo que se le dijo solo para dar la media vuelta y retirarse. Luis se pregunta si debe decirle a su mujer lo que tiene en mente. Reconoce que ella le dijo que no trajera sus problemas a casa solo para después contradecirse cuándo le preguntó qué es lo que le preocupa. Él sabe lo que le preocupa. Recurrió a amistades que trabajan en el Supremo y les preguntó qué sabían de su caso. La reacción fue de festejo, se alegraron que preguntara, solo que cuándo le explicaron cuál era el motivo de sus risas su reacción fue alterada y es muy posible que haya ofendido a la amiga que le ofreció explicaciones. Se pregunta si debe explicárselo a su mujer. Un sexto sentido le advierte cuales pueden ser las consecuencias. Ha comenzado a sospechar que su mujer está molesta con su actitud. Concluye que si quiere preservar la relación, lo mejor es que se quede callado.

++++++++++++++++++++++

-Lo noto preocupado,- Clara le dice a Luis.

-Estoy preocupado pero temo que en esta ocasión no podrás ayudarme. Todo me está saliendo mal, todo lo estoy haciendo mal.-

-¿Cuál es el problema?-

-Annie me regañó por no compartir más con nuestro hijo. Y tiene razón. Por estar pensando en los casos de Sergio y de Cristobal, me he olvidado de mi familia. No debería ser así. A veces me pregunto si Annie me podrá soportar por mucho más tiempo. Ese pensamiento debería ser más que suficiente para alentarme a actuar de otra manera. No es la primera vez que me llama la atención. Estuve después horas jugando con Luisito. Si se sintió mal conmigo, se olvidó del asunto y no me guarda rencor. Pero cuándo lo llevé a dormir, sin querer volví a sumirme en mis problemas.-

-¿En los de Cristobal y Sergio?- el interés de Clara es intenso.

-No dejo de pensar en ellos, no me puedo explicar cómo es posible que el Supremo haya rechazado mi apelación. Delgado sometió un estudio financiero en el caso de Cristobal señalando que tiene billones. Eso por supuesto no es cierto, pero Alvarado luce dispuesto a considerarlo.-

-¿Qué va a hacer?-

-Argumenté lo mejor que pude el caso de Sergio. Como inesperadamente me fallaron en contra, le pregunté a una amiga que trabaja en el Supremo qué sabía de mi caso, me dijo que se rieron con lo que argumenté. Le pregunté qué fue lo que encontraron gracioso, me dijo que todo me lo inventé, que nada de lo que argumenté es cierto, que no han habido apelaciones, ni la sentencia de Montalvo, ni la sentencia de un tercer apelativo.

-La miro como si no pudiera entender, ella lo nota y me pregunta en qué estoy pensando. Le digo que no puedo creer lo que me ha dicho. Me mira como si se preguntara si le estoy hablando en serio. Le dije que la madre fue dos veces al apelativo, una vez al Supremo, que las tres ocasiones le fallaron en contra, que el caso regresó al tribunal de familia en donde la testigo principal declaró que la madre abusó de su hija por lo que Montalvo le concedió por quinta vez la custodia a mi cliente y limitaron las relaciones entre madre e hija a visitas supervisadas, que pasó más de un año antes que de la nada surgiera un tercer apelativo que le devolvió la custodia y suspendieron a todos los jueces que habían presidido vistas anteriores, a la testigo principal del caso, que citaron para vista dos días después que se dictara la sentencia, que se nombró un juez que alegó horas después que estaba preparado para presidirla, que no me dejó argumentar y dictó sentencia ese mismo día ordenando el regreso de la custodia a la madre.

-Le dije que no se supone que dictara sentencia a una vista y mucho menos cuándo ya un tribunal de mayor jerarquía lo había hecho y en donde no se me permitió argumentar ni me permitió presentar testigos. Le dije a mi amiga que ese juez alegó que la custodiada le dijo que quería volver con madre, la custodiada nos dijo que el juez nunca le preguntó pero que comoquiera le dijo que quería quedarse con su padre ya que el trato recibido por parte de la madre fue tan cruel que consideró el suicidio. Después re-establece las estipulaciones que le permitieron a la madre llevarse a su hija a Hawaii, dijo que las haría cumplir con rigurosidad y minutos más tarde las viola.

-Mi amiga me mira como si hubiese visto un fantasma, me mantuve silente esperando por ella. Me preguntó que cómo me atrevía mentirle de esa forma tan descarada, que nada de lo que le acababa de decir es cierto, que no hay en el expediente del Supremo apelaciones ni las sentencias a las que hice referencia. Le dije que tengo copia de todos esos documentos, me acusó de inventármelos, me dijo que los jueces del Supremo saben que estoy mintiendo, que todos mis argumentos están dirigidos a facturarle en exceso a mi cliente. Le pregunté que por qué no me llamaron la atención, me dijo que todos los abogados hacen lo mismo, le dije que si ellos saben que todos los abogados hacemos lo mismo y se quedan callados, son cómplices de los crímenes que supuestamente estamos cometiendo.

-Me dijo que soy un descarado, que no tengo vergüenza, le dije que los jueces del Supremo me dieron permiso, que si entienden que trato de defraudar a mi cliente debieron haberme formulado cargos, que si lo hubiesen hecho hubiesen descubierto que ocurrió un secuestro, un secuestro fomentado por el Departamento de Justicia.

-Me miró como si estuviese a punto de un infarto, dio la impresión de se le atragantaron las palabras. Le dije entonces que fuera donde los hijos de las gran puta esos y les dijera lo que pienso, que quiero confrontarlos con las acusaciones que me acaban de informar, que quiero saber si tienen la decencia y los cojones para confrontarme. Se retiró callada, espantada, atemorizada. No sé si se va a a llevarle el chisme a los jueces.-

Calla y Clara lo mira como si estuviera al punto de desfallecer. Se esfuerza por comprender lo que ha escuchado pero nada se le ocurre. Luis lo nota, se le acerca, la abraza con delicadeza y le dice que no se preocupe, que él sabe lo que está haciendo. Clara no pudo creer lo que había dicho antes y mucho menos lo que acaba de decirle ahora.

++++++++++++++++++++++

Yaniz regresó sola a su casa en absoluta confusión. No deja de pensar que su hija necesita un padre, que nadie quiso acompañarla esta noche, que después del encuentro con el extraño nadie más se le acercó. Algunos de sus amantes estaban presentes, la conocen pero ni tan siquiera la saludaron, se quedaron hablando entre si y por completo la ignoraron.

Helenia nunca conoció a su padre, Yaníz ni se imagina quién pudo haber sido. Ha tenido amantes que no recuerda. Consternada se acostó a dormir pero tardó en conciliar el sueño. Recordó al individuo que se retiró espantado, no porque haya perdido su atractivo, si no porque la malinterpretó. Lo que tenía en mente era el problema de su hija pero dio a entender que estaba buscando un padre.

Lleva años pirateando las barras, se puede decir que es una experta, si le preguntan cuantos amantes ha tenido solo podría ofrecer un estimado. No se puede controlar pero tampoco cree que sea malo tener sexo a diestra y siniestra a pesar de que la aisló de amigos y familiares. Argumenta que millones tienen sexo en todo momento, que todas las especies también, que sin el sexo el único tipo de vida serían los unicelulares. Le recordaron que en la Biblia se especifican las condiciones aceptables para incurrir en esa práctica, que Dios castiga a los fornicadores, que es una de las prácticas que más que censura. Ella les dijo que si Dios es todopoderoso y no quiere que forniquemos todo lo que tiene que hacer es desearlo, que así fue como creó el universo.

-¿Por qué no consideró alguna otra forma para multiplicar las especies? Todo lo que tenía que hacer era no añadir los órganos sexuales. Y si no se le ocurrió algo mejor, pudo haber controlado la necesidad que sentimos.-

Sus interlocutores callaron, ella concluyó que se quedaron sin argumentos pero que aún así no aceptaron los suyos. La miraron amenazadoramente, se puso nerviosa, dijo que iba al baño, caminó hasta quedar fuera del alcance de sus vistas y regresó a su casa. Esta noche con nadie habló, con nadie argumentó. Pasó la noche sola, esperando a que la llamaran, mirando a quienes interpreta son sus amigos pero que comoquiera la ignoraron. Se preguntó que por qué, si sería prudente hacer un acercamiento solo para que dudas llegaran a su mente. Durmió solo unas horas, de madrugada despertó, se puso de pies, fue al baño, salió al balcón para apreciar el amanecer, regresó a la cocina y se puso a preparar el desayuno. No había terminado cuándo Helenia llega a su lado.

-¿Cuándo vamos a buscar un papá?- es lo primero que le pregunta.

Yaniz vuelve a cerrar los ojos, busca qué decir, deja lo que está haciendo, la toma entre sus brazos, camina hasta una de las sillas del comedor, se sienta colocándola sobre su falda y mirándola respira profundo, eleva una plegaria al cielo pero a ningún dios en específico y le dirige la palabra.

-Es posible que no encontremos un papá.-

Hay un severo gesto de decepción en el rostro de Helenia.

-¿Por qué?- pregunta mostrando una pena notable.

-Porque papá no me quiere.-

-¿Por qué papá no te quiere?-

-Porque quiere una mujer mejor.-

Helenia deja de preguntar, se limita a mirarla fijamente como si de esa manera pretendiera comprender lo que se le acaba de decir. Nada puede pensar y con el gesto suplica una explicación.

-Han habido muchos papás en mi vida pero todos tienes sus propias compañeras e hijas y no quieren tener más. Los que no, no confían en mi.-

-¿Por qué?-

-Porque soy muy mala.-

La hija la mira como si no hubiese entendido. Yaniz se percata de que ha cometido un error, uno que complica aún más la situación. Busca entonces cómo corregirlo. Cree encontrar una salida.

-A ti te quiero con todo mi corazón, con toda mi alma, por ti seré una buena madre. Buscaremos un padre hasta que lo encontremos. Tienen que haber muchos que quieran serlo. Tú eres bien linda. Todo lo que tienes que hacer es preguntarles. Saldremos todos los días a buscar uno. Nunca nos cansaremos, seguiremos buscando hasta que lo encontremos. Y encontraremos uno que sea tan bueno que lo querrás como te quiero yo a ti, con todo ti corazón, con toda tu alma.-

Helenia sonríe.

++++++++++++++++++++++++

De regreso a su oficina Luis lee lo que le ha llegado por medio del correo electrónico. El Supremo una vez más ha dictado un no ha lugar, en esta ocasión a su petición de reconsideración. Baja la cabeza, se la cubre con sus manos y se pregunta qué puede hacer. Ha llegado al final de camino. Dentro del sistema jurídico todas las puertas le han sido cerradas. No le cabe la más mínima duda que Mikaelle fue secuestrada. Pensó que el Supremo llegaría a la misma conclusión, que si la joven le fue devuelta a una madre abusadora de la forma tan atropellada como ocurrió, basado en argumentos falsos, confirmados con una sentencia dictada a una vista donde no se le permitieron presentar testigos, donde el argumentista mayor lo fue el juez, juez que alegó sentirse preparado para presidir los procedimientos al día siguiente del dictamen de un tribunal de mayor jerarquía y mentir sobre lo que la víctima le dijo. Lee varias veces el comunicado como si para asegurarse de que lo que ha leído es cierto. Al final, respira profundo y se sume en sus pensamientos.

-Esto no es posible, esto no puede estar pasando?- se lamenta.

Pero él sabe que es posible, sabe lo que está pasando, su amiga en el Supremo se lo explicó. No hay constancia de las sentencias a las cuales hizo referencia, no existen las sentencias a favor de su cliente, ni las apelaciones de la otra parte, ni la sentencia del tercer apelativo. Solo la de Ortiz, la que se dictó después de una sola vista.

Al día siguiente se celebró la vista de cambio de custodia. Si había alguna duda sobre el señalamiento de Mikaelle, todo quedó aclarado cuándo en corte abierta, en presencia de todos, la joven le rogó llorando al padre que no le permitiera a la madre hacerlo odiar. Desde su despacho, Clara lo escucha y se pregunta cuál es el problema. Espera por él, le permite absorber lo que sea que le está haciendo daño. Pasa el tiempo y no parece necesitarla. Cuándo no puede aguantar más se pone de pies, se le acerca, se detiene a su lado y espera a que note su presencia. Como no lo hace, sumisa pregunta.

-¿Está bien?-

Él no responde, parece inmerso en su problema o no la ha escuchado.

-¿Está bien?- vuelve Clara a preguntar, en esta ocasión subiendo un tanto el tono de su voz.

Él la mira pero le toma mucho tiempo para poder reaccionar.

-Estaba pensando en la respuesta de reconsideración a la sentencia del apelativo en el caso de Mikaelle,- es lo que dice para después quedarse callado.

-¿Qué pasó?- Clara se ve obligada a preguntar cuándo su jefe no parece que le vaya a ofrecer explicaciones.

-Sometí la reconsideración, fui poco diplomático, hice un recuento de lo discutido en el caso, hice hincapié en el hecho de que ese tercer tribunal apelativo le devolvió la custodia a una madre que abusó de su hija, acusación nunca cuestionada por sus abogados ni por el apelativo. Hice un recuento de todas las barbaridades que hizo esa mujer y las evasivas a las de sus abogados.-

Luis calla y Clara vuelve a esperar hasta que se hace evidente de que si quiere saber va a tener que seguir preguntando.

-¿Y qué pasó?- pregunta con timidez.

-Otro no ha lugar.-

Clara se queda callada, ni tan siquiera intenta analizar lo que esa respuesta implica, cree que él le ofrecerá más explicaciones. Cuándo se vuelve evidente que no lo va a hacer, le pregunta:

-¿Qué va a hacer ahora?-

Luis permanece inmerso en sus pensamientos, si escuchó la pregunta no parece que la vaya a contestar. Clara se llena de paciencia y espera. Luis parece considerarlo por mucho tiempo antes de responder.

-Tengo que considerar la posibilidad de ir al FBI.-

Clara cierra los ojos, se niega a analizar la observación al estar consiente de las implicaciones. Cuándo no puede aguantar más, le hace saber uno de los riesgos.

-Puede que al Supremo no le guste la idea.-

-Es irrelevante lo que el Supremo pueda pensar.-

-Pueden tomar represalias contra usted.-

-Eso sería lo ideal.-

-¿Cómo es posible que a usted se le ocurra pensar una cosa como esa?- ella pregunta asombrada.

-Hay un protocolo que seguir. Tienen que formularme cargos, tienen que darme la oportunidad para defenderme, cuándo lo hagan se van a enterar de qué fue lo que hicieron. Eso si les va a estar malo. La única explicación para lo que han hecho es que se les ocultaron partes del expediente. Tal vez dependieron de algún ayudante, uno que pudo ser comprado.-

Clara lo mira pero se queda callada, por más que se esfuerza, nada llega a su mente.

-El Supremo tiene demasiados casos por atender,- su jefe procede a explicarle. -El protocolo les permite solicitar ayuda de sus subalternos. Puede que uno de ellos se le haya pagado para que le informara a los jueces que nada a lo que hice referencia existe, que no hay apelaciones ni sentencias posteriores a las de Nieves, que la única es la de Ortiz y que yo no argumenté contra ella.-

Clara lo mira, se esfuerza por entender lo que le dijeron, no se atreve poner en duda su palabra pero por su mente pasa la posibilidad de que su jefe se haya equivocado. Le parece imposible que el sistema jurídico de Puerto Rico pueda ocurrir una cosa como la que su jefe le ha explicado, que jueces del sistema hayan confabulado y permitido un secuestro.

++++++++++++++++++++++++

Esa mañana Yaniz llega a su área de trabajo y comienza a realizar sus tareas. Como lleva años haciendo lo mismo no requiere concentrarse, todo lo hace todo sin pensar. Lo único en su mente es su hija. Se pregunta qué podrá hacer para conseguirle un padre, ninguno de sus amantes ha demostrado interés alguno por establecer una relación de larga duración. Por lo menos no con ella. Inclusive sabe que muchos tienen esposas, amantes o compañeras consensuales. Algunos se lo han confesado, le han dicho que tienen que irse antes de que sus mujeres sospechen. Se justifica pensando que los infieles son ellos, que ella solo trata de satisfacer su necesidad, que no pretende provocar que esas relaciones se den por terminadas.

Pero ahora tiene sus dudas, su estilo de vida ha sido condenado y es probable que sin intensión expresa le haya hecho daños a terceros. Esos terceros eran entidades sin almas por lo que los ignoraba. Pero ahora reconoce que son humanos y que con el simple hecho de levantar sospechas muy bien pudo haberles hecho daño. Ha sido censurada por no atenerse a mandatos divinos ni a reglamentos de su sociedad. Ha comenzado a considerar de que no es una buena persona, que las censuras contra ella son válidas. Ha tenido supuestos amantes que la maltratan, hablan despectivamente de ella durante el acto sexual y parecen esperar que ella coincida con sus observaciones. Otros por el contrario casi no se expresan, realizan el acto en un tenebroso silencio, muchas veces ella concluye que mejor hubiese sido masturbarse.

La conciencia comienza a regañarla y ella trata de ignorarla. A su mente viene la noción de que la ven como una mujerzuela, la conocieron horas antes, tienen sexo y al despertar a la mañana siguiente son pocos los que amanecen con ella. Casi todos terminan por desaparecer para siempre y ella no los recordaría ya que nunca les preguntó por sus nombres.

Cuándo le dijo a su hija que ningún hombre la quiere porque es mala fue algo que vino a su mente sin pensarlo. Tenía que ofrecer una explicación. Respondió con lo primero que se le ocurrió y ahora ha comenzado a considerar que es muy probable que se atenga a la realidad. Por más de diez años ha actuado siguiendo sus instintos, jamás pensó en las consecuencias.

-¿Pero qué puedo hacer?- se pregunta. -No sé como ser buena, nunca lo he sido, toda mi adultez y gran parte de mi adolescencia solo había una cosa en mi mente. Yo jamás le he ofrecido amor a hombre alguno. Jamás lo he solicitado. Las relaciones monogamias solo existen si hay amor y yo no sé amar. Fuera de mi hija, a más nadie amo. Perdí el amor de mis padres, el de mis hermanos, el de mis amistades más allegadas. A mis compañeros de trabajo no les queda más remedio que liderar conmigo.

-¿Qué voy a hacer? ¿Preguntarles si quieren ser el padre de mi hija?-

Su mente analiza la pregunta para de inmediato concluir que eso nunca ocurrirá. Con toda su concentración envuelta en sus problemas una de las máquinas le pincha un dedo. Más por sorpresa que por dolor deja escapar un chillido y una de sus compañeras corre a su lado.

-¿Estás bien?- le pregunta Brenda.

-Estoy bien, estoy bien, nada me pasó.-

-Esa no fue la impresión que recibí,- la amiga le señala.

-Estaba pensando en otra cosa, no estaba concentrada en lo que estaba haciendo. El golpe me sorprendió más de lo que me dolió.-

Brenda la mira por un instante antes de darle las malas noticias.

-Concéntrate en lo que estás haciendo. Lo más probable es que no sea por mucho tiempo.-

-¿Qué me quieres decir con eso?-

-Se comenta sobre un posible cierre.-

-¿Cómo que se comenta de un posible cierre?-

-La pandemia ha afectado a nuestro suplidor. Casi la mitad de sus empleados se han contagiado. El departamento de salud los amenazó con cerrarles la fábrica. Están exigiendo seguridad pero a los dueños solo piensan en el dinero. No les importa que sus empleados se enfermen, como el desempleo está por las nubes, les sobran los sustitutos.-

-¡Oh, cielos!- Yaniz deja escapar un lamento. -SI perdemos el trabajo nos morimos de hambre.-

Brenda sonríe.

-La oficina del desempleo nos dará dinero si eso ocurre.-

-Pero es por unos meses.¿Y después qué?-

-Está el Programa Para Asistencia Nutricional y el de los cupones para alimentos.-

-Ahí lo que dan no es lo suficiente para llevar una vida adecuada, para los efectos prácticos vivirás para siempre en la pobreza.-

-¿Por qué te preocupas?- de la nada Brenda parece preguntar. -Nosotras pasaremos hambre. Tú nunca.-

-Qué te hace pensar eso?-

-Tú tienes otras fuentes de ingresos.-

-¿Qué otras fuentes de ingresos?- Yaniz reacciona confundida.

-Andrés, Miguel, Ernesto, Pablo, José, Ramiro y un millón más.-

Yaniz la mira esforzándose por entender lo que le ha dicho pero al final su confusión la abruma.

-Andrés, Miguel, Ernesto, Pablo, José, Ramiro.- repite los nombres que escuchó aún cuándo nada le hace sentido.

Brenda la mira cuándo no parece comprender su reacción.

-¿No me vas a decir que no te dan dinero?- entonces le pregunta.

-Pues si, no me dan dinero.-

-¿En qué quedamos ? ¿Si o no?- Brenda reacciona molesta

-¿Cómo que si o no?- Yaniz sube el tono de su voz.

-Primero me dijiste que si y después me dijiste que no.-

Yaniz analiza lo que dijo y se percata del origen de la confusión.

-No me dan dinero,- se reafirma. -Nunca me dan dinero. Lo hago por placer, nunca he cobrado, nunca cobraré.-

Su amiga la mira fijamente y parece tener sus dudas.

-¿Pasarás hambre?-

-Pasaré hambre.-

-¿Y qué vas a hacer con tu hija?-

Yaniz trata de encontrar una respuesta pero por más que se esfuerza lo único que viene a su mente es esa posibilidad, que llegará el momento en que no tenga con qué alimentar a su hija..

++++++++++++++++++++++

Annie una vez nota que una vez más su marido está inmerso en sus pensamientos. Se le acerca, lo mira fijamente, parece intentar comprender el dilema, cuándo no lo logra, pregunta:

-¿Qué te pasa ahora?-

Luis tarda en responder.

-El caso de Mikaelle es un secuestro,- entonces se explica.

-¿Cómo que es un secuestro?- ella pregunta confundida.

-Le devolvieron la custodia a la madre que abusó de su hija.-

-¿Quién la secuestró?-

-No tengo un sospechoso en específico. Creo que pudo haber sido Oliver o Torino. Tal vez los dos. Pero si se entiende que el que paga es el autor intelectual, entonces es la madre. Solo que hay que considerar a Ortiz también. Su forma de actuar no me permite exonerarlo.-

-¿Qué te hace pensar que la secuestraron?-

-Le devolvieron la custodia a una madre abusadora,- Luis le repite.

Annie analiza lo que le han dicho y parece tener sus dudas.

-No puede ser como tú crees,- es lo primero que le dice. -Tiene que haber algo más. Con lo que me has dicho, es insólito que un tribunal falle de esa manera. Tiene que haber algo más, algo que tú no sabes o no has considerado.-

Luis pasa juicio sobre el caso pero al cabo de un rato parece darse por vencido.

-Nada más hay, es como te lo he contado. El expediente del Supremo está incompleto, faltan las tres apelaciones que hizo la madre, la sentencia de Montalvo, la sentencia del tercer apelativo. Yo apelo haciendo alusión a todo eso y el Supremo me falla en contra porque nada sobre eso saben. Creen que estoy apelando la sentencia de Ortiz pero ahí nada de eso se discute.-

Annie se esfuerza por entender lo que dijo, su conocimiento sobre el caso es limitado, se atiene a lo que él le ha dicho. Todo lo que sabe es que el apelativo y Ortiz le devolvieron la custodia a la madre y que el Supremo las sostuvo.

-Ortiz alegó que Mikaelle le dijo que quería regresar con la madre, dos días más tarde, ella escribe en su página de Facebook que él nunca le preguntó pero que comoquiera le dijo que quería quedarse con su padre, que la madre abusó tanto de ella que consideró suicidarse. No lo argumenté en mi apelación porque no forma parte del expediente. Es un comunicado proveniente de la joven que llega después que el apelativo y Ortiz dictaran sentencias.-

-No puedo creer que tribunales se equivoquen de esa manera,- ella insiste.

-Yo tampoco.-

Annie lo mira fijamente cuándo es evidente que no entendió ese comentario. Luis se da cuenta de que tiene dudas y añade:

-Los tribunales no se equivocaron, no dictaron sentencias erróneas, no malinterpretaron los hechos, sus opiniones no carecen de fundamentos. A los tribunales los guiaron para que dictaran esas sentencias. El único juez que actuó con intensión criminal lo es Ortiz. Dicta una sentencia a una vista donde no me permitió argumentar, dicta una sentencia que no podía dictar porque ya un tribunal de mayor jerarquía lo había hecho. La única función de esa sentencia es desviar la atención de la del tercer apelativo.

-Yo apelo una sentencia que nunca se dictó. Alguien le llevó una sentencia fabricada al juez administrador del tribunal quien sospechosamente y de inmediato nombra un sustituto cuándo se le indica que todos los jueces que hubiesen intervenido anteriormente en el caso han sido removidos. Destituyeron también a la testigo principal del caso, no le permitieron declarar a Mikaelle, Ortiz lo hizo por ella y lo hizo mintiendo. El Supremo no tiene la más vaga idea de lo que está pasando. Jamás se imaginarían que jueces y abogados utilizaran el sistema para cometer un crimen, para llevar a cabo un secuestro.-

Luis calla y mira fijamente a su mujer, quien da la impresión de que está totalmente confundida, que no puede creer lo que acaba de escuchar y que ha comenzado a tener sus dudas sobre el estado mental de su marido.

-¿No sería mejor entonces que te olvides del asunto? -pregunta cuándo por fin su mente se aclara un poco.

-Estaría siendo cómplice del crimen. Si me quedo callado, lo estoy encubriendo, sería copartícipe.-

-¿Y qué vas a hacer?-

-Ir al FBI, no me queda más remedio, tengo que ir al FBI.-

-SI haces eso te estarás buscando un problema. No creo que el Supremo se vaya a cruzar de brazos si se enteran que estás poniendo en duda la integridad de los tribunales.-

-Si voy al FBI no será para poner en duda la integridad de los tribunales, si voy al FBI será para acusarlos de haber incurrido en un secuestro.-

Annie cierra los ojos, deja de pensar, no quiere pensar pero comoquiera pensamientos llegan a su mente, pensamientos que le indican que su esposo está perdiendo los estribos, que va a poner en peligro su reputación, su fuente de ingresos, la salud y el bienestar de su familia.

++++++++++++++++++++++

Una vez más Clara ve a Luis preocupado, más preocuparlo que antes. No solo luce inmerso en sus pensamientos, camina como fiera enjaulada de un lado para el otro, deja escapar gestos de frustración. Se pregunta si debe preguntarle qué le pasa, no cree que actúe de esa manera a causa del caso de Sergio y Mikaelle. Supone que su jefe debería de haber aceptado que nada se puede hacer, que el fallo en contra de su cliente ha sido errático pero que no es posible corregirlo, que la única alternativa es aceptarlo, que nada obtendrá yendo al FBI.

Ayer también se mostró preocupado pero su reacción fue más sosegada. Pero ahora lo nota alterado, como si lo que confronta le causa daño. Antes confrontaba los resultados adversos sin dificultad, independientemente de su magnitud, no parecía tener contratiempos para aceptar sentencias con las cuales no estuvo de acuerdo, pero últimamente ha habido una cambiada actitud y da la impresión de que está perdiendo el autocontrol.

Trata de ignorar lo que está viendo y se concentra en sus problemas personales, que existe la posibilidad de que nunca haya otro hombre en su vida. Y pensando de esa manera se le ocurre concluir que tal vez está surgiendo una oportunidad para resolver ese asunto. No es lo que debería hacer, está de acuerdo con Sandra, no debe entrometerse en el matrimonio de Luis ni añorar que un divorcio la ayude pero la alternativa es pasar sus últimos años sola. Conoce a su jefe desde hace años, sabe que es considerado, respetuoso, que no comenta las veces que se viste para llamarle la atención. No es millonario, pero sus ingresos son considerables. Sus primeros esposos la hicieron pasar hambre, los sustitutos no provocaron que sufriera de sobrepeso. Luis es por mucho una mejor alternativa. Se pone de pies, se le acerca y le pregunta:

-¿Está bien?-

Él la mira y tarda en responder.

-No, no estoy bien, no puedo estar bien.-

-¿Cuál es el problema?-

-Ganamos el caso de Mikaelle cinco veces, habían transcurrido más de treinta días y por lo tanto no se podía revocar. Y no la revocaron, revocaron a Nieves, no a Montalvo. ¿Por qué revocan a Nieves y no a Montalvo? Porque Nieves la dictó por tecnicismos, Doña Frances nunca compareció y por ende concedió sus derechos. Pero Montalvo le dio la custodia a Sergio porque ella abusó de su hija, la encontró culpable y sus abogados nunca lo cuestionaron.

-El supuesto apelativo tampoco la cuestiona, no hace referencia a esa sentencia y no lo hace porque no la pueden refutar. Censuran a Nieves, ignoran a Montalvo. El cambio de custodia se llevó a cabo de forma atropellada, en cuestión de tres días un supuesto apelativo le quita la custodia a Sergio y se le dan a Doña Frances.

-¿Qué usted quiere decir con eso de un supuesto apelativo?- Clara se muestra cada vez más confundida.

-No existe un tercer apelativo por lo que esa sentencia nunca llegó al Supremo. Hubo una supuesta sentencia redactada por Oliver y Torino y de alguna manera consiguieron que jueces la firmaran o tal vez las firmas que aparecen en el documento no es de juez alguno y si de los abogados. Tal vez conozcan a alguien en el apelativo que sabe de jueces que firman lo que le ponga al frente, que todo lo que hay que hacer es decirles que estudiaron el caso y que saben que Nieves actuó de forma incorrecta. Se supone que ellos sean los que estudien los casos a fondo, pero hay vagos que dependen de sus ayudantes. A alguien se le pagó para que le llevara una sentencias preparada a conveniencia de la madre a jueces que poco les importa el trabajo que se supone que hagan, les hacen creer que Nieves interrumpió una relación amorosa, que abusó de sus prerrogativas, que le violó los derechos a la madre y firman porque confían en la persona que les llevó la opinión.-

-¿Cómo usted puede estar seguro de que las cosas sucedieron de ese modo?- Clara luce confundida y sospechosa,

-Mi amiga del Supremo me dijo que faltan las apelaciones de la madre, la sentencias de Montalvo, la de los apelativos y la primera del Supremo. Las primeras tres las perdió doña Frances y la que gana es un crimen tan obvio que lo mejor para ella es que lo hayan ocultado.-

-¿Qué le hace pensar que no le estuviera mintiendo o que estuviese equivocada?- Clara parece tener sus dudas.

-No tengo razones para dudar de su palabra. Se expresó fervorosa, convencida de que lo que me dijo está de acuerdo con la realidad. No tengo razones tampoco para creer que se haya equivocado.-

-¿Y qué va a hacer?- pregunta temerosa.

-Ir al FBI.-

-Usted no puede hacer una cosa como esa,- Clara reacciona escandalizada.

-¿Por qué no?-

-Lo pueden desaforar, está poniendo en tela de juicio la integridad de jueces, incluyendo a los del Supremo.-

-Mikaelle está bajo la custodia de una madre abusadora, una madre que la maltrató a tal grado que consideró el suicidio. No nos queda más remedio. La joven corre peligro. No podemos desampararla.-

Clara calla, permanece pensativa, se pregunta si es apropiado que su jefe vaya al FBI. Se pregunta cuales serán las consecuencias, que existe la posibilidad de que lo desaforen y perderá su fuente de ingresos en medio de la pandemia donde ocurren cierres de fábricas, negocios, industrias y oficina de servicios profesionales por montones.

Su mente entonces se funde y por más que se esfuerza, no quiere funcionar. Luis se percata de su dilema, la toma por una mano, la hala contra su cuerpo, la abraza con ternura y le dice que no se preocupe, que él sabe lo que está haciendo. Clara lo mira tratando de creerle pero un sexto sentido le advierte que lo peor está por venir.

++++++++++++++++++++++++

Yaniz llega a la fábrica y entrando a su área de trabajo se percata de un tenso silencio que nunca antes había experimentado. Sus compañeros trabajan en absoluto silencio. Los mira, intenta comprender lo que está viendo pero nada puede entender. Brenda la ve llegar y nota su incertidumbre, se le acerca, la mira y espera por su reacción. Yaniz tarda en darse cuenta y cuándo lo hace es de forma temerosa.

-¿Qué está pasando?- le pregunta a su amiga.

-Cierre,- eso es todo lo que se le dice

Yaniz la mira en silencio, como si intentara aceptar lo que se le ha dicho.

-¿Cómo que cierre?- puede preguntar cuándo en algo se despeja su mente.

-Nuestros clientes han dejado de comprar, nuestros suplidores ya no nos proveen los materiales que necesitamos.

-¿Por qué?-

-La pandemia.-

-¿Qué tiene que ver la pandemia con todo eso?- Yaniz parece suplicar.

-Nuestros clientes no compran nuestros productos, se quedaron sin trabajo. Nuestros suplidores han perdido más de la mitad de sus empleados debido al virus. A los otros se les ha ordenado que se queden en sus casas.-

-¿Y qué vamos a hacer?-

-Al igual que ellos, quedarnos en casa.-

-¡No nos podemos quedar en casa!- Yaniz parece protestar.

-La gobernadora dictó la orden. Nos tenemos que quedar en casa.-

-Eso no es justo,- Yaniz protesta. -Nos vamos a quedar sin dinero.-

-No nos vamos a quedar sin dinero, nos vamos a quedar sin trabajo. El gobierno se encargará de nosotros.-

-¿Cómo se encargarán de nosotros?- Yaniz luce ahora molesta.

-El desempleo nos dará algo, iremos después a las oficinas de Programa Para Asistencia Nutricional nos darán algo más y terminaremos dependiendo para siempre de los cupones para alimentos ya que es más que evidente que la economía de este país jamás producirá suficientes empleos para todos.-

Yaniz calla y trata de comprender lo que ha escuchado y le toma tiempo para poder reaccionar.

-Tenemos que buscar trabajo,- desesperada comenta. -Ya somos pobres y puede que la ayuda del gobierno nos ayude a sobrevivir pero no podremos llevar la vida que queremos.-

-No hay más trabajos. El desempleo estaba por las nubes antes de la pandemia. Con el cierre subirá a la estratosfera. Pasarán años antes de que consigamos nuevos trabajos.-

-Tenemos que hacer algo,- Yaniz luce desesperada.

-Tú no deberías preocuparte,- de la nada la amiga comenta.

-¿Cómo que no tengo que preocuparme?-

-Tú tienes otras fuentes de ingresos.-

-¿Cuáles?.- Yaniz parece perder la paciencia.

-Tú sabes, ya te lo he dicho,- Brenda luce molesta.

-Y te dije que no las tengo-

-Tus clientes dicen lo contrario,-

-¡No pueden decir lo contrario!- Yaniz casi grita. -No es cierto.-

Brenda calla, luce como que se ha dado por vencida pues es evidente el malestar que siente su compañera.

-No tengo otras fuentes de ingresos,- Yaniz repite cuándo sospecha que su amiga no ha quedado convencida. -No creo que te hayan dicho una cosa como esa. Y si te lo dijeron, están mintiendo.-

-¿Por qué habrían de mentir?-

-No sé. Pregúntales.-

-¿A todos ellos? Son muchos. No tengo tiempo.-

-¿Cuántos son?-

-Como diez.-

Yaniz la mira fijamente, trata de confirmar la sinceridad de su amiga pero por más que se esfuerza todo lo que estaría dispuesta a aceptar es que es sincera pero que se ha equivocado.

-Yo no cobro por lo que hago en la cama, nunca lo he hecho, nunca lo haré. Prefiero morirme de hambre.-

-Se nota que nunca has pasado hambre.-

-La has pasado tú.-

-Tengo familiares que han pasado hambre, me han contado lo que se siente. Me han dicho que todas las mañanas y por muchos años se levantaban con una sola cosa en mente, donde habrían de encontrar el pan de cada día. Es una situación desesperante, agonizante.-

-Es humillante de lo que me estás acusando, no solamente es falso, es humillantes. Pasaré hambre, te lo juro, pasaré hambre.-

-¿Dejarás pasar hambre a tu hija?-

Yaniz calla, se esfuerza por encontrar cómo responder pero su mente no funciona, no quiere pensar en la posibilidad.

++++++++++++++++++++++

-¿Cuál es el problema ahora?- Annie le pregunta a Luis al verlo una vez más sumido en sus preocupaciones -No puedo creer que sigas pensando en el caso de Mikaelle. Eso ocurrió la semana pasada. Ya el Supremo dictó sentencia, denegó tu reconsideración. El caso llegó a su fin, nada se puede hacer.-

-No es el caso de Mikaelle el que me preocupa ahora, es el de Cristobal.-

-¿Qué pasó?-

-Le ordenaron que le pagara cincuenta millones de dólares a su ex-mujer, darle una pensión de un millón de dólares mensuales a sus hijos y darle diez millones al abogado de Ana.-

Annie calla, lo mira como si dudara de su palabra y tarda en reaccionar.

-Me imagino que todavía le sobran millones,- es lo que entonces puede decir.

-Nada le sobra. Están contando con que siga ganando millones.-

-Bueno, si espera seguir ganando millones no se va a morir de hambre.-

-No se va a morir de hambre pero no es justo lo que se le ha ordenado. El estado financiero que comisioné dejó claro que no tiene lo que le pidieron. Puede pagar ahora pero a largo plazo no podrá pagar la pensión a sus hijos. Y el problema es que es por eso que te meten preso. Si no le pagas a la mujer o a su abogado tal vez lo amonestan, le ofrecen un plan de pago, puede negociar la deuda. Si no le paga a sus hijos, lo meten preso.-

-Eso no puede ser,- hay un notable cambio en el semblante de su mujer. -Es inconcebible que el juez sea tan bruto. Por lo menos tenía que dejarle algo para a los niños de lo contrario Cristobal muere y nadie cobra. Si ya la mujer y su abogado se llevaron su parte, la ausencia del padre le crea problemas a los hijos. El juez tiene que saber eso.-

-El juez no tiene que saber eso. Delgado presentó su propio estado financiero donde se señala que el capital de la sociedad de bienes gananciales es de más de cien millones. Alvarado cree que está siendo justo porque se dejó engañar.-

-En el caso de Mikaelle tú me dijiste que los jueces del Supremo aprobaron un cambio de custodia a favor de la que abusó de su hija. Ahora me dices que un juez le concedió el ciento por ciento de los bienes a una de las partes y dejó sin dinero a la otra. No puede ser como tú dices, los tribunales no pueden ser tan incompetentes.-

-Es inconcebible que se hayan dictado sentencias como esas,- Luis comienza a explicar. -Pero lo peor del caso es que la sentencia del caso de Cristobal no se puede apelar. El juez tiene absoluta discreción, el Supremo consistentemente se niega a revisarlas. Estoy atado de manos, no puedo ayudar a mi cliente. Para eso fue que me contrató. Debería devolverle lo que me pagó. Soy un fracasado. Y lo más triste es que diez mil dólares en nada lo ayudan. Él está envuelto en millones. A mi me hacen falta. Hice mi trabajo. Lo hice mal pero lo hice.

-Un prominente neurocirujano se queda sin un centavo. Un padre dedicado se queda sin su hija. En ambos casos, jueces incurrieron en barbaridades. Ambos casos llegaron a su fin. Soy responsable por la miseria que confrontan clientes que me pagaron para que defendiera sus derechos, derechos que fueron pisoteados y que nada puedo hacer para cambiar lo que pasó.-

Annie lo mira sorprendida, no puede creer lo que ha escuchado. La admisión de incompetencia es inesperada. Pensó que su marido no llevaba bien los casos y no puede creer que se hayan dictado sentencias como las que él alega. Cree que tiene que haber algo más, algo que su él no ha considerado o ha malinterpretado. Su admisión de incompetencia es la mejor explicación que ha escuchado. Se pregunta si el futuro con él no es el que se había imaginado. No pretendía ser millonaria pero pensó que con él le esperaba condiciones económicas que le permitieran vivir más que adecuadamente. Hizo alardes a sus amistades de lo gran abogado que era su marido. Pero ahora tiene sus dudas. Opta por dejar de pensar, no quiere imaginarse un futuro de pobreza.

-Vete con tu hijo,- de la nada le sugiere. -Otra vez está jugando a solas. Tú deberías ser su mejor amigo, la pandemia lo ha aislado de los demás. Si te esmeraras por él como te esmera por tus clientes no tendrías que temerle a que jueces te lo quiten.-

Luis la mira tratando de interpretar lo que acaba de escuchar. Las implicaciones de sus palabras lo dejan confundido, hace el esfuerzo por comprenderlas pero nada viene a su mente, tal vez porque no quiere imaginarse lo que ha quedado implicado.

++++++++++++++++++++++++

Yaniz nota que Helenia está frente al televisor sin prestar atención a lo que se proyecta en la pantalla, la frase game over. Tiene el control en sus manos pero sus dedos permanecen fijos. Consternada se le acerca, nota que está inmersa en sus pensamientos y se sienta a su lado. Pasa el tiempo pero la niña permanece inmóvil, mesmerizada mirando hacia adelante, sin mostrar interés en lo que tiene de frente.

-¿Qué te pasa?- Yaniz le pregunta.

Pero la niña no responde, permanece como si paralizada.

-Helenia,- la madre le llama la atención subiendo el tono de su voz. -¿Qué te pasa?-

-¿Por qué no tengo un padre?- tarda en preguntar.

Yaniz cierra los ojos, baja la cabeza y trata por todos los medios encontrar qué decirle. Sabe que tiene que explicarle pero la verdad le será difícil aceptar. Llegó a pensar que Helenia se olvidaría del asunto o que quizás no le daría la importancia de antes. Se esfuerza por encontrar algo que la niña acepte pero su mente se niega a funcionar,

-No tienes padre porque no me puedo enamorar,- después de un largo rato es lo que se le ocurre decir.

Helenia la mira pero ni tan siquiera puede preguntar. Lo que se le ha dicho no le hace sentido.

-Alguna gente no puede caminar,- la madre trata de explicarse. -Nacieron sin pies, o tuvieron una enfermedad o un accidente. Alguna gente no puede ver, nacieron sin ojos o sufrieron una enfermedad o un accidente, alguna gente no puede hablar, son mudos, no pueden escuchar, son sordos. Yo no puedo amar a hombres. Te amo sobre todas las cosas pero creo que padezco una condición que me impide amar a hombres.-

Helenia la mira más confundida todavía, no entiende lo que se le ha dicho y por más que se esfuerza su confusión es absoluta.

-No te preocupes, encontraremos un padre,- su madre añade al percatarse de que lo ha hecho peor. -Tú eres demasiado linda como para no tener uno. Estoy segura de que alguno querrá serlo.-

-¿No lo vamos a buscar?- Helenia le recuerda lo que le había prometido.

-Por supuesto que lo vamos a buscar. Perdona que lo haya olvidado. Tengo nuevos problemas que me hicieron olvidarlo. Vamos a caminar por ahí para ver si encontramos uno.-

Pero Helenia no reacciona, la sigue mirando como si no hubiese quedado convencida, que lo que escuchó ha sembrado dudas.

-No perdamos las esperanzas,- Yaniz trata de salvar la situación al notar que su hija no reacciona como ella espera. -Los milagros ocurren. Dios no nos ha abandonado.-

Pero Helenia sigue tan confundida como antes, tal vez más confundida y comienza a llorar. Yaniz de inmediato la abraza y trata de calmarla.

-Pronto tendrás un padre,- Yaniz se ve obligada a decirle algo que ella misma no cree que vaya a pasar. -Tu eres demasiado linda como para no tener uno. Cuándo te vean, muchos querrán ser tu padre. Todo lo que tenemos que hacer es preguntarles. Más de uno te van a decir que si y podrás escoger al que más quieras.-

Helenia deja de llorar y mira a su madre. Parece que se esfuerza por aceptar lo que se le ha dicho pero como que no puede. Yaniz está consciente de que no ha ofrecido una buena explicación y trata de salvar la situación.

-Vas a tener un padre, vas a tener un padre, vas a tener un padre, vas a tener un padre. Vamos a buscar un padre, vamos a buscar un padre. Tiene que haber muchos quieran serlo. Eres demasiado linda como para no tener uno. Encontraremos muchos y tú decidirás a cuál vas a escoger.-

Helenia se abraza a su madre, deja de llorar pero es evidente de que sigue insegura.

++++++++++++++++++++++++

-¿Cómo te va con tu jefe?- Sandra le pregunta a Clara.

-Creo que estamos haciendo conexión.-

-¿Cómo que crees que están haciendo conexión?-

-Me dijo que su esposa está molesta porque lleva los problemas de su profesión a su casa.

-¿Cómo eso te ayuda a hacer conexión?-

-Yo le presto atención, le doy ánimo, le digo que las cosas van a mejorar.-

Sandra analiza lo que ha escuchado, luce como que tiene dificultades para entender y presenta sus objeciones.

-A tu jefe su esposa no lo escucha, tú si, y eso te da a entender que puedes tener una relación con él.-

Clara la mira como si estuviera esperando por más explicaciones, la amiga lo nota y añade.

-Si la esposa de tu jefe está molesta con él, lo que debes hacer es orientarlo para que salve su matrimonio. Tal vez no sea lo que tú quieras hacer pero déjame decirte que una cosa no te llevará a la otra, puede que se divorcie pero eso no quiere decir que se va a enamorar de tí.-

-Lo va a hacer si le sigo dando aliento, si lo escucho y le permito que se desahogue conmigo.-

-Te estás entrometiendo en su matrimonio. No es lo que debes hacer.-

-No me estoy entrometiendo en su matrimonio, su matrimonio se está cayendo por su propio peso, sin mi intervención.-

-Si le ofreces una salida, te estás entrometiendo en su matrimonio.-

-No le estoy ofreciendo una salida. Si, espero que se divorcie, si, quiero que se divorcie, pero lo que está ocurriendo en su matrimonio nada tiene que ver conmigo.-

-Pero puedes ayudarlo. Me has dicho que él está enamorado de su mujer, que el error que está cometiendo es que lleva a su casa lo que le ocurre en los tribunales. Dile que no lo haga.-

-Nada le voy a decir. Estoy sola, llevo años sola, con él comparto gran parte de todos los días. Para los efectos prácticos soy su segunda mujer. Si dejo que las cosas ocurran por su cuenta pasaré a ser la primera sin haber tenido que entrometerme en su matrimonio.-

-Ya te he dicho que el hecho de que se divorcie no quiere decir que se enamorará de ti. Hace años que se conocen. Me has dicho que en ningún momento él te ha hecho algún acercamiento. Si se divorcia, esa condición no ha de cambiar.-

-Está cambiando, está desesperado, lo que le está sucediendo en los tribunales es insólito. Y yo soy a quien único tiene para que se desahogue.-

Sandra se queda callada, cierra los ojos, suspira profundo, luce que como que trata de analizar lo que se le ha dicho. Permanece sumida en sus pensamientos. Clara la observa en el mismo silencio, se esfuerza por comprender lo que su amiga pueda estar pensando. Simplemente espera por ella y cuándo ella sale de su marasmo no es para felicitarla.

-Lo estás haciendo mal. Sabes que él tiene problemas, sabes que lo que él prefiere es salvar su matrimonio pero lo que haces es ofrecerle una salida que se lo impide. Las personas decentes no actúan de esa manera.-

-Las mujeres decentes se están quedando solas. Si el precio a pagar por no quedarme sola es dejar de ser una mujer decente, que sea lo que Dios quiera.-

-Dificilmente eso es lo que Dios quiere. Lo que Dios quiere es que las parejas preserven el juramento que hicieron hasta que la muerte los separe, lo que Dios quiere es que los humanos no disuelvan lo que Él ha unido.-

-Que me lo diga personalmente. Yo llevo años rogándole para que no me permita llegar a mi vejez sola. Mis primeros dos maridos disolvieron lo que Dios unió y hasta donde yo sé les va de los más bien. Tienen nuevas mujeres, diez años más jóvenes que ellos y me imagino que cuándo esos niñas cumplan los cuarenta se les habrá vencido el contrato y mis ex-maridos volverán a disolver lo que Dios ha unido.-

-No seas cínica.- Sandra exclama frustrada. -Tal vez quisieron iniciar una nueva vida debido a la que llevaban no era lo que pretendían.-

Clara es ahora quien calla, parece analizar lo que ha escuchado, un sexto sentido le advierte que está siendo sutilmente censurada. Cuándo por fin capta el mensaje, mira fijamente a su amiga y parece medir sus palabras.-

-Mis ex-maridos disolvieron lo que Dios unió, tal vez no soy perfecta pero debieron haberme advertido lo que estaba haciendo mal, tal como tú lo estás haciendo ahora. Yo me percaté con tiempo que mis matrimonios confrontaban problemas y traté de salvarlos, fui más condescendiente, más cariñosa, hice todo lo posible por complacerlos, pero lo que ellos querían era algo que ya no les podía dar, el olor de un cuerpo joven.

-Creo que esa condición le es inmaterial a Luis. Su mujer, al igual que yo, nos estamos acercando a los cuarenta. Él no está buscando una mujer más joven, él a nadie más busca, él quiere quedarse con la que tiene, aunque su olor no sea el de antes. Yo no he encontrado un hombre que se conforme con mi olor, el que conozco ha de quererme comoquiera. Tal como lo hice con mis dos primeros maridos, seré complaciente, le daré siempre lo que me pida, no pondré condiciones.

-No quiero quedarme sola.-

++++++++++++++++++++++

¿Qué te pasa?- le pregunta Annie a su esposo al verlo una vez más inmerso en aparente depresión.

Luis suspira, parece llenarse de valor y le toma tiempo para responder.

-El caso de Mikaelle tomó un giro hacia lo peor.-

-¿Cómo es eso posible? Ya con lo que que me habías dicho es horrible,- su esposa se expresa mostrando escepticismo.

-El tribunal autorizó al padre a viajar a Hawaii para ver a su hija, le exigió que informara los datos del viaje para que la madre estuviese preparada. Llega al aeropuerto y le dicen que su asiento fue cancelado desde una dirección desconocida en la internet. Hizo nuevos arreglos y al llegar al hotel le dicen que su habitación fue cancelada desde una dirección desconocida en la internet. Hace nuevos arreglos, recibe a Mikaelle quien se muestra molesta porque su visita era inesperada y conflige con planes que había hecho con la madre.-

-¿No habíamos quedado de que se le había autorizado?- Annie lo interrumpe cuándo sus dudas se agudizan.

-Por supuesto. Si Mikaelle estaba molesta con su padre es porque alguien está saboteando las relaciones. Pero esto se pone peor. Él trata de ganarse su confianza pero un amigo que la acompaña continuamente interviene. Cuándo por fin se va, Sergio cree que sus relaciones mejorarán pero al tercer día Mikaelle desaparece. Le avisa a la policía y a la madre quien le dice que también desconoce su paradero. Al día siguiente la policía le informa que su hija está con la madre y que no quiere volverlo a ver. Al quinto día le informan que se radicaron acusaciones de maltrato y de acecho en su contra.-

-¿Y qué vas a hacer?-

-Esperar.-

-¿Cómo que esperar?-

-Las acusaciones son en Hawaii. Allí no puedo postular. Sergio tiene que conseguir un abogado de allá y confrontar las acusaciones.-

-¿Qué tú crees que va a pasar?-

-Le va a ir mal. Las acusaciones de maltratos son difíciles de superar, es la palabra de Sergio contra la de su hija, la víctima, una menor de edad sobre quien existe una marcada tendencia a aceptar lo que diga. Se suponía que la joven regresara a Puerto Rico para el receso primaveral. Las estipulaciones que le permitieron a la madre llevársela la obligaban a regresarla. Los abogados se opusieron y el juez entonces lo autoriza a viajar a Hawaii. Pero más que una autorización era una orden. Le exige que informe los datos del viaje para informárselo a la madre. Su vuelo y habitación fueron canceladas y la única persona que conoce los datos es la madre, datos que el juez le suministró.

-Ortiz le dio a la madre el número del vuelo, el nombre de la hospedería y el número de la habitación, ella lo cancela todo, alienta a la hija contra el padre, la joven lo abandona, al día siguiente se le someten acusaciones y Sergio está por su cuenta confrontando acusaciones de violencia doméstica que son virtualmente imposibles de refutar.-

-¿Tú crees que la madre sea una criminal?- Annie pregunta como si lo contrario fuera posible.

-No me cabe la más mínima duda. Doña Frances intentó un primer secuestro cuándo no envió a la niña para las navidades del 2011, desacató seis órdenes de comparecencia, en violación al Acta Para la Prevención de Secuestro Parental recurrió dos veces a tribunales sin jurisdicción, le miente al tribunal en Hawaii cuándo le dijo que asistió a la última citación de Nieves. La juez en Hawaii le concede la custodia a Sergio porque sabe que miente y ella radica una querella de secuestro a la policía cuándo Sergio trata de regresarla. El caso regresa al tribunal de familia y es declarada culpable por los abusos contra su hija. Un supuesto tribunal de apelaciones le devuelve la custodia, instantáneamente nombran un juez que al día siguiente dicta sentencia dando la impresión de que fue él quien le devolvió la custodia. Doña Frances se lleva a su hija para Hawaii, sus abogados se oponen a que la joven regrese y Sergio se ve forzado a ir a verla solo para que le fabriquen un caso de maltrato y secuestro, un caso fabricado por la madre.-

La esposa lo mira y es evidente su escepticismo. Se le hace difícil creer que su esposo esté expresando la realidad, son demasiadas las acusaciones contra más de un juez. Su primera reacción fue concluir que su marido está equivocado, no puede creer que jueces hayan incurrido en los crímenes que él le está señalando. Trata por todos los medios de comprender lo que le ha dicho pero termina por creer que es imposible que todo eso pueda ser cierto. Está acusando a cuatro jueces de participar en un secuestro pero no lo argumenta en el Supremo porque sabe que lo pueden desaforar. Añade que la madre es parte de una conspiración sobre la cual él no puede estar seguro de que lo es ya que los supuestos actos se llevaron cabo a más de seis millas de distancia. Trata de pensar en algo positivo pero comienza a pensar que su futuro y el de su hijo está en peligro.

-No me queda más remedio,- se dice en silencio. -No me queda más remedio pero es lo que tengo que hacer. El bienestar de mi hijo depende de ello.-

++++++++++++++++++++++

Yaniz está a solas con sus pensamientos, la fábrica donde trabajaba cesó operaciones. El dinero que se ganaba lo consume en menos de un mes lo que implica que en poco tiempo se quedará con nada. Lleva horas llenando solicitudes de empleo en la internet. Sabe que las probabilidades están en su contra ya que lleva años haciéndolo con la esperanza de conseguir un mejor estilo de vida, pero ahora lucha por salvar lo que pueda y tiene que estar dispuesta a hacer lo que aparezca.

Su meta era tener un mejor trabajo, uno que le concediera mejores ingresos y que le permitieran tener su propia residencia. Necesita un automóvil nuevo ya que el suyo está por cumplir veinte años. Reconoce que tendrá que conformarse con lo que aparezca ya que la pandemia ha comenzado a causar estragos en la economía. Antes eran muchos los desempleados, ahora existe la posibilidad de que esa suma cuándo al menos se duplique lo que le hará entonces virtualmente imposible conseguir una fuente de mayores ingresos.

Se le acusa de tener una de un oficio que ella no sabía que practicaba. Se pregunta cómo es posible que le hagan una acusación como esa. Acepta que tiene sexo a diestra y siniestra, que no tiene reparos de hacerlo con extraños y que ese comportamiento es censurado por la mayoría de la sociedad. Pero ella sabe que son acusaciones falsas.

-¿Por qué me hacen esto?- se pregunta desesperada. -¿Qué ganan con mentir de esa manera? A nadie lo hago daño, por el contrario, los hago felices. ¿Por qué dicen eso de mi?-

Trata de comprender su situación pero en su mente solo hay confusión. Está así por horas hasta un problema mayor regresa para torturarla.

-Tengo que conseguirle un padre a mi hija. Tengo que establecer una relación estable, encontrar empleo en un lugar lejano donde se desconozca mi reputación y pueda empezar de nuevo.-

Pero entonces se pregunta qué hará para controlarse. Con tan solo cambiar de ambiente no conseguirá cambiar su forma de actuar. Sabe que su necesidad es más fuerte que ella y con tan solo mudarse no será suficiente. Se está quedando sin dinero, fue a las oficinas del desempleo, informó que se quedó sin trabajo pero le dijeron que los dueños de la fábrica no llenaron la documentación de cierre por lo que no pueden confirmar que trabajó allí ni cuanto era su ingreso, que no tienen base para calcular lo que le corresponde.

Fue después a las oficinas del Programa Para Asistencia Nutricional. Será poca la ayuda, no podrá pagar el alquiler pero por lo menos podrá alimentar a su hija. Tiene alimentos para dos meses y si economiza podría permanecer en su residencia un mes más. La hicieron llenar documentos, le dijeron que tardarían en responderle ya que la pandemia ha infectado a muchos de sus empleados y ha creado una demanda por ayuda que no esperaban.

Fue a la oficina para cupones de alimentos, una vez más la hicieron llenar documentos, una vez más le dijeron que estudiarían su caso y que tardarían en responderle porque de improviso se han recibido miles de solicitudes adicionales y a sus empleados se les ha ordenado a que se queden en sus casas. No encuentra trabajo y compite con muchos que como ella también quedaron desempleados. Ha habido un aumento desmesurado en la demanda por ayuda y existe la posibilidad de que las agencias se queden sin dinero. Las ofertas de empleo que encontró en la internet la obligarían a abandonar la isla, a ahorrar aún más para pagar los costos del viaje, el alquiler de su nueva residencia, buscarle una nueva escuela a su hija y educarla en un nuevo idioma.

Se siente cada vez más desesperada, necesita ayuda pero la pandemia lo complica todo, son muchos los necesitados. Sus amistades tienen otras fuentes de ingresos, parejas que pueden proveerle por lo menos parte de lo que han perdido, padres, hermanos, amistades cercanas que pueden ayudarlos.

-¿Qué hago?- se pregunta. -No tengo familiares, no tengo pareja. Tengo que alimentar a Helenia. Jamás pensé que confrontaría una condición como esta. Y los que compartían las noches conmigo parecen ser las fuentes de las acusaciones que se hacen en mi contra.

-¿Por qué me hacen eso?

-Si ya no están interesados todo lo que tienen que hacer es olvidarse de mi. Yo me olvidaré de ellos. ¿Qué les hice? Disfrutaron de mi compañía. Nada les pedí a cambio.-

Llega el momento en que no puede seguir pensando, sus problemas la abruman, baja la cabeza, opta por suplicar, pero no sabe a quién. No cree que Dios la ayude, es una pecadora, solo fornica y esa es una de las faltas que más censura.

-Yo no podría vivir con una misma pareja toda la vida. No es mi forma de ser. ¿Cómo es que solo me pasa a mi?-

Le dijeron que Dios lo ordena, preguntó qué gana con eso, que si cree en la monogamia, no debió haberla creado con ese deseo que la consume. Por primera vez desde que cayó bajo la condición bajo la cual se encuentra se ha dicho que tiene que cambiar, que si no lo hace será peor. La gente la seguirá señalando como una pecadora.

-¿Qué hago, mi Dios, qué hago?-

Pero tan pronto se hizo la pregunta a su mente llegó la posibilidad de que no pueda contar con su ayuda. Es una pecadora de la peor clase.

-Solo tengo a mi hija,- entonces como que desvía sus pensamientos en dirección donde puede conseguir un poco de paz. -Ella es la única con quién puedo hablar, pero de lo que quiere hablar me desespera. Necesito conseguirle un padre, necesita tener un padre, no es justo que no lo tenga, no es su culpa, no debe sufrir por algo sobre lo cual no tiene control.

-Dios mío, ayúdame.-

Por segunda vez solicita ayuda divina pero tan pronto lo hace de inmediato reconoce que esa ayuda jamás le llegará.

-A nadie tengo, estar por mi cuenta no es lo mejor como yo pensaba. Estaría mejor en una relación abusiva. Por lo menos tendría alguien que me ayudara a conseguirle alimentos a mi hija.

-Estoy dispuesta a someterme a ese castigo con tal de que Helenia no pase hambre.-

Trata de pensar en algo que la ayude, aunque sea solo para obtener lo más básico. Estaría así por horas pero todos sus esfuerzos serían en vano. Nada tiene, a nadie tiene, ni tan siquiera esperanzas tiene.

++++++++++++++++++++++

-No puedes seguir así,- Annie regaña a Luis cuándo una vez más le ve sumido en sus problemas.

-Lo que sucedió hoy en el tribunal hoy me dejó atónito,- es lo que se le ocurre a él decir.

-¿Ha ocurrido algo antes en los tribunales que no te haya dejado atónito?- Annie pregunta molesta.

-La mayor parte de las veces ocurre lo que uno espera pero no en este, cada vista es una caja de sorpresas. Esperaba que el juez se percatara de que está liderando con una criminal pero no parece haberse dado cuenta o no quiere darse cuenta.-

-¿Cuál es el problema?-

-Sergio fue acusado de abusar de su hija y de acechar a la madre. Tuvo que ir a Hawaii para enfrentar los cargos, contrata una desconocida y en contra de todas las probabilidades no solamente sale bien, a la madre se le ordena que desista de las acusaciones. El protocolo en Hawaii es que cuándo se comete un crimen en contra de un menor, una agencia gubernamental denominada Child Services interviene. Entrevistaron a Sergio, a su hija, a Doña Frances y a una testigo que por casualidad conoce a ambos.

-Es una puertorriqueña que conoció a Sergio y a Frances por separado. Lo que dijo de la madre es espantoso, que no se atreve a testificar contra ella porque teme por su vida. Trabaja en Child Services, se encontró con Sergio en Hawaii por casualidad y le preguntó qué hacía allá. Él le dijo que venía a ver a su hija, que un tribunal le quitó la custodia y se la devolvió a la madre a pesar de que un tribunal anterior dictaminó que había abusado de la niña.

-Cuándo le dijo que era Frances, la amiga le dijo que no se sorprendía, que Frances fue víctima de maltrato y por experiencia saben que niño maltratado tiende a convertirse en padre maltratante. Child Services le informa al tribunal de Hawaii que tras las entrevistas no encontraron evidencias que sustentaran las acusaciones. De inmediato la abogada de la madre en Hawaii retira los cargos. El juez le dice que no pueden volver a ser utilizados contra el padre, pero en la vista de hoy aquí en Puerto Rico, Doña Frances se reitera en las acusaciones.

-Siento a Sergio en la silla de los testigos y le pregunto por su experiencia en Hawaii. Testificó que la hija le dijo que su visita era inesperada, él le dijo que el tribunal lo había autorizado, que se lo informó a la madre. Declaró que la niña desapareció al tercer día, que se lo informó a la policía, a la madre y que al día siguiente le dijeron que estaba con ella y que no quería saber de él. Un día después le dicen que cargos de maltrato y acecho habían sido radicados en su contra.

-Declaró que Doña Frances le dijo a la policía que lo vio acercarse a su residencia, un apartamento dentro de un condominio con guardias de seguridad y que el de la madre solo tiene vista hacia el lado contrario, que lo vio acercarse, que él se dio cuenta y se escondió en un lugar que comoquiera ella podía verlo. El abogado de Frances le preguntó que cómo él sabía eso. Sergio le dijo que había estado allí antes, que el tribunal anterior lo autorizó para ir a ver a su hija. Para eso Doña Frances estaba obligada a darle la dirección al tribunal. La que ofreció fue falsa y él tuvo que contratar un investigador que fue quien dio con el paradero.

-Sergio le muestra al abogado el informe de Child Services que lo exonera, el abogado se quedó callado y optó por no hacer más preguntas. Le digo al juez que la madre ha perjurado, que violó una orden del tribunal de Hawaii, que hay que radicarles cargos aquí e informar allá su desacato. Ortiz cambia el tema, se pone a hablar de Mikaelle, que hay que protegerla, que es lo más importante en el caso.

-Le digo que estoy de acuerdo, que la madre abusó de su hija, acusación que dio base para que se le retirara la custodia, acusación que nunca fue cuestionada por sus abogados, que nunca fue cuestionada por el tribunal de apelaciones que le devolvió la custodia. Se establecieron estipulaciones que le permitieron llevarse a su hija a Hawaii que señalan que cualquier violación conlleva la suspensión de derechos de custodia contra el violador y que de inmediato ordene el regreso de Mikaelle a Puerto Rico.

-Ortiz vuelve a cambiar el tema, le pregunta al abogado de la madre cuál es su posición. Estos piden tiempo para investigar el documento de Child Services y de inmediato se los concede. Oliver entonces tiene la osadía de pedir sanciones contra Sergio porque no se atuvo a lo que le informó sobre el viaje al tribunal. Le digo al juez que a mi cliente no le quedó más remedio, que alguien le canceló el viaje y el hotel ya que alguien le dio esa información a la madre para que estuviese preparada. Le recuerdo que Doña Frances desacató seis órdenes de comparecencia, que violó las estipulaciones y el Acta Para Evitar el Secuestro Parental, que ya anteriormente intentó secuestrar a la niña, que perjuró al reafirmarse en unas acusaciones que se le ordenó no usara y le pido que se ordene el regreso de la niña a Puerto Rico.

-¿Qué hizo el juez?

-Decretó un receso para que poco después indicara por medio del alguacil de sala que señalaría una nueva vista en el futuro.-

Luis calla y espera por su esposa. Ella parece analizar lo que se le ha dicho pero permanece callada. Solo que lo que le llega a su mente son las mismas conclusiones a las que había llegado antes, que es imposible que lo que le ha dicho su marido pueda ser cierto. Una vez más está acusando a un juez de incurrir en crímenes que de acuerdo con su esposo lo hace en sala, en presencia de testigos dejando a la vista de todos que está parcializado a favor de una de las partes. Baja la cabeza, se esfuerza por tranquilizarse, se pregunta qué futuro puede tener su matrimonio. Es más que evidente que su esposo sufre de severos defectos mentales que ella misma no sabría cómo explicar.

-Vete a jugar con tu hijo,- es lo que entonces opta por decir. -Está solo en la sala. Llévatelo a correr bicicleta, a comer pizza. Necesita salir. No puede pasar todo el tiempo acá adentro. Y tú deja de traer tus problemas a esta casa. Te estás haciendo daño, le hace daño a tu hijo, ya yo no lo soporto.-

++++++++++++++++++++++++

-Qué te pasa,- le pregunta Ramiro a Yaniz después de haber tenido sexo con ella.

-¿Cómo que qué me pasa? Nada me pasa. Todo está bien. ¿Por qué preguntas?- ella luce confundida.

-No eres la misma,- se limita él a decir.

-¿Cómo que no soy la misma?-

-Tú eras una fiera en la cama. A veces creo que me vas a comer. Hoy te pareces a mi esposa.

Yaniz no parece que pueda responder, luce pensativa y tarda en reaccionar.

-Una no siempre se siente igual. Hay días que tomo las cosas con más calma.-

-Eso nunca te había ocurrido,- Ramiro reacciona sorprendido. -Nunca me imaginé que actuaras como esta noche. No sé cuantas veces hemos tenido sexo, sé que son muchas pero no recuerdo algo como hoy. Creo que algo te pasa, que tienes problemas.-

Yaniz no responde, cierra los ojos, baja la cabeza y se esfuerza por explicar.

-Perdí el trabajo,- comienza por decir. -Me estoy quedando sin dinero. Tengo una hija que alimentar. Fui a buscar ayuda al desempleo pero me dijeron que no han tenido tiempo para verificar mi caso. Les pregunté qué es lo que hay que verificar. Me dijeron que tienen que confirmar que trabajé allí, que saben que la fábrica cerró pero que los dueños no lo informaron, que estaban obligados a llenar documentos necesarios para la protección de sus empleados pero no lo hicieron por lo que les va a tomar más tiempo para cualificarnos .

-Les pregunté que si ya saben que la fábrica cerró, que si no es eso más que suficiente para confirmar lo que les dije. Me dijeron que mucha gente se aprovecha de situaciones como esa para pedir ayuda cuándo no cualifican. Se inventan excusas como la que he presentado. Traté de ignorar la acusación que están implicando, llevo semanas esperando. Llamo a cada rato, me dicen que nada han podido averiguar. Les digo que tengo una hija que va a pasar hambre si no me ayudan. Me dicen que van a ver qué pueden hacer.-

Ramiro la mira y parece analizar lo que ha escuchado. Da la impresión de que tiene sus dudas pero comoquiera opta por ayudarla.

-Te voy a regalar veinte dólares. Tal vez te de para alimentar a tu hija por un par de días. Yo no tengo mucho dinero. Eso es todo lo que puedo hacer.-

-No sabes cuanto te lo agradezco. No esperaba tu generosidad. Estoy consiente de que no eres rico. Aquí todos somos pobres. Por eso es que tu acto es de gran generosidad. Muchas gracias.-

Ramiro la besa suavemente a los labios, ella parece reaccionar emocionada.

-Siento mucho haberte fallado. Espero hacerte sentir mejor la próxima vez.-

-Puede que no haya una próxima vez. Mi mujer sospecha. Tengo que tener cuidado. No la quiero perder. Tengo dos hijos que me adoran y con los cuales juego como si yo también fuera un niño.-

-Sé lo que sientes. Helenia y yo nos sentimos igual. No puedo complacerla en todo pero por lo menos tengo tu dinero para alimentarla un par de días más.-

-A esa edad los niños no entienden. Creen que podemos darle todo lo que piden. No tienen idea de que el dinero no nos cae del cielo.-

Yaniz sonríe, parece analizar lo que le han dicho. Andrés parece percatarse de su ansiedad.

-¿Qué es lo más que te pide tu hija?- pregunta como si supiera que ese es el origen de sus preocupaciones.

-Un padre,- de inmediato responde ella.

-¿Un padre?- pregunta extrañado

-Todas sus amiguitas tienen uno. Aún los que se han separado de sus madres van a la escuela a verlas. A Helenia ningún padre la va ver. Eso le duele. Me lo ha pedido varias veces, le he dicho que tarde o temprano encontraremos uno.-

Ramiro se le queda mirando como si no hubiese entendido

-¿Le has dicho que le vas a conseguir un padre?- reacciona como si no lo pudiera creer.

Yaniz se limita a responder con leve gesto en lo positivo.

-¿Cómo se te ocurre decirle una cosa como esa?- él luce escandalizado.

-Tengo que decirle algo, tengo que darle aliento.-

-Mentirle es peor.-

-Mentirle no es lo peor,- de inmediato reacciona Yaniz. -Decirle la verdad es lo que es peor.-

Ramiro reacciona como si lo escuchado lo hubiese alterado, se esfuerza por comprender a su amante pero todo lo que le llega a la mente es que lo está haciendo mal. Es libertina, tiene sexo a diestra y siniestra y él la usa porque no encuentra algo mejor. Tal vez no debió haberle dado dinero, no necesariamente lo usará para su hija. Pero ya es tarde para dar marcha atrás. Se le acerca, le da un beso de despedida sobre la mejilla y se retira tras tan solo decir 'nos vemos.'.

Yaniz se percata de su cambio de actitud pero no sabe qué pensar. Se pregunta qué pudo haber provocado el cambio. Mira su mano derecha y re-descubre el billete de veinte dólares que Ramiro le dio, se lo echa a un bolsillo de su falda y se esfuerza por retirar lo que vino a su mente.

++++++++++++++++++++++++

-¿Qué te pasa ahora?- le pregunta Annie a su marido cuándo una vez más lo ve sumido en sus pensamientos.

-Fui al FBI,- Luis no tarda en responder.

La esposa se le queda mirando como si esperara que se retractara, que le dijera que no está hablando en serio, que es una broma, pero al verlo pensativo hay un marcado cambio en su actitud.

-Tú no puedes haber ido al FBI,- le dice mala gana.

-¿Por qué no?-

-Porque te pueden desaforar. Estás poniendo en tela de juicio la integridad de los tribunales, la de los jueces. El Supremo ya pasó juicio sobre el caso, te fallaron en contra. Perdiste. Ya es hora que te des por vencido.-

Luis se queda callado, parece analizar las palabras de su esposa y tarda en reaccionar.

-Algo así me dijeron en el FBI.-

-¿Cómo que algo así te dijeron en el FBI?- ella luce confundida.

-Que si el Supremo pasó juicio y exoneró a los que yo acuso, nada pueden hacer. Están obligados a respetar las desiciones de los tribunales.-

-Entonces me imagino que te darás por vencido ya que tienes que aceptar que nada se puede hacer.-

-Tal vez presenté mal el caso.-

-No me digas que vas a insistir.-

-Es más que evidente de que se cometió un crimen. La única posible explicación es que se llevó a cabo un secuestro con el conocimiento y el desconocimiento del sistema.-

-¿Cuál sistema?- pregunta Annie cada vez más confundida.

-El sistema judicial. Fue utilizado para secuestrar a Mikaelle.-

-¿Cómo puedes estar tan seguro?- ella pregunta al borde de la desesperación.

-Se le devolvió la custodia a una madre abusadora, el proceso de devolución fue atropellado, citan para el día que la madre sugirió, nombran un juez tan pronto se enteran que suspendieron a los primeros, instantáneamente éste alega que está preparado, cita para el día siguiente, le pido tiempo para prepararme, me lo niega, pido que testifiquen a mis testigos, me lo niega, miente al decir que Mikaelle quería regresar con la madre, dicta sentencia a una vista, la misma que días antes el apelativo dictó, dice que las estipulaciones vuelven a estar en pie, de inmediato las viola, le ordena a Sergio que le informe los detalles del viaje para informárselo a la madre, quien lo cancela todo, alienta a la hija para que le diga que su visita era inesperada, para que lo abandone, le somete acusaciones falsas, se le caen en el tribunal en Hawaii, se le ordena a que no las vuelva a utilizar, las utiliza, Ortiz se las acepta, no envía a la hija para las vacaciones de verano, ni para las navidades, ni para los recesos primaverales, no informa su estado de salud ni su condición escolar, someto querella tras querella y las ignora, se entera que Mikaelle la desmintió en Facebook, que la madre la llevó al borde del suicidio, la multa por mil quinientos dólares pero le permite que mantenga la custodia.

-Y la multó para curarse en salud. Sabe que fue desmentido por la víctima, una menor de edad que envió para que se quedara con una madre abusadora. El posteo provino del Tribunal Supremo. El abuelo paterno de Mikaelle se los sometió cuándo él también acusó al sistema de haber incurrido en un crimen. Ortiz sabe que lo pueden residenciar, que lo pueden desaforar, someterle acusaciones criminales. Multa a la madre para decir que hizo algo, que hizo un intento por hacer justicia.

-Viola las estipulaciones repetidamente, asume la responsabilidad por el cambio de custodia cuándo dicta una sentencia que no podía dictar, no solo porque un tribunal de mayor jerarquía pero igualmente criminal ya lo había hecho, si no porque no se pasó juicio, fue tan solo una vista para darle seguimiento a lo ordenado por del apelativo.-

Annie lo mira pero permanece inerte, incapacitada para reaccionar, se esfuerza por entender lo que se le dijeron pero lo único que se le ocurre pensar es en la posibilidad de que su esposo esté aislado de la realidad y que se inventa excusas para encubrir sus fracasos. Se arriesga ir al FBI, a que lo desaforen, a dejar a su familia sin fuentes de ingresos pero por más que se empeña, nada encuentra para refutarlo.

-¿Qué vas a hacer?- pregunta sumisa cuándo ya no sabe que más pensar.

-Me voy a ir a jugar con Luisito,- de inmediato él responde. -Si sigo pensando en esto me voy a volver loco.-

Annie cierra los ojos y por primera vez está de acuerdo con su esposo.

++++++++++++++++++++++

-No eres la misma,- le dice Ernesto a Yaniz después de haber tenido sexo con ella.

Ella cierra los ojos, trata de despejar su mente y comienza a excusarse.

-Lo siento. No puedo concentrarme, tengo problemas bien serios.-

-¿Qué te pasa?-

-Me estoy quedando sin dinero. Tengo que alimentar a mi hija, voy al desempleo y me dicen que no me pueden ayudar, voy a las oficinas del Programa Para Asistencia Nutricional y me dicen que todavía no han terminado de estudiar mi caso porque hay mucha gente pidiendo. Pido ayuda en el programa para cupones de alimentos y me dicen que tienen millones haciendo fila, que se están quedando sin dinero y que no tienen empleados para atender tantos casos. Les digo que mi hija tiene que comer, que no puede esperar, me repiten que tienen que investigar, que mucha gente va a allí a pedir dinero cuándo tienen buenos ingresos, que tienen reglamentos que seguir.

-Me dijeron que han radicado acusaciones contra personas que intentan defalcarlos, que cuándo los descubren, le someten acusaciones pero esa gente contratan abogados y si pierden en los tribunales, se declaran en quiebra y comoquiera no pueden recuperar lo perdido. Me dijeron que el gobierno federal les ha recortado la ayuda, que se han impuesto nuevas reglas y que hay que esperar. Para colmo de males, la pandemia ha complicado más las cosas ya que gran parte de la ayuda se ha desviado hacia esa enfermedad.-

Yaniz calla pero Ernesto parece mirarla con sospechas.

-¿Me estás hablando en serio?- le pregunta.

Ella lo mira sorprendida cuándo no esperaba esa reacción.

-Por supuesto que estoy hablando en serio. ¿Por qué habría de mentirte?-

Ernesto la sigue mirando pero hay cierto gesto de desprecio reflejado en su rostro.

-No quiero pensar que estés esperando que te de dinero,- le dice. -Ya con lo que estás haciendo te has rebajado más de la cuenta. La gente no tiene buena opinión de ti y si ahora te pones a cobrar será peor. En adición, si quieres dinero tienes que decírmelo primero. Yo no esperaba esta reacción tuya.-

-No quiero tu dinero,- de inmediato reacciona alarmada. -Siempre lo he hecho por placer, nunca ha habido en mi otro interés. Me dijiste que no soy la misma y es cierto, Ramiro también me lo dijo. Tengo problemas muy serios y no puedo entregarme como antes, estoy desesperada. Siento haberte fallado. Me da vergüenza la acusación que me haces. Vienes donde mi porque tu compañera no te satisface. Si ahora yo también te fallo, es hora de que te busques otra. Las hay por ahí por montones.-

-No, no las hay por ahí por montones. Las que son como tú son las peores. Uno las usa porque no le queda más remedio. No me puedo aguantar y tengo que hacerlo.-

Yaniz se cubre la cara, trata de ignorar lo que ha escuchado, baja la cabeza, cierra los ojos, se esfuerza por no llorar. Ernesto se da cuenta de que cometió un error, que pudo haberla ofendido y de inmediato trata de remendarlo.

-Aquí tienes cien dólares,- abruptamente le dice. -Espero que sean para tu hija.-

Yaniz no se atreve a mirarlo. De repente confronta una situación inesperada. Le están ofreciendo dinero cuándo acaban de acusarla por pedirlo. Se pregunta a qué se debe ese cambio de actitud, confronta la disyuntiva de que si los acepta va a dar a pensar que verdaderamente se está prostituyendo, pero si no los toma su hija pasará hambre. Se pregunta qué debe hacer, pasa el tiempo, no sabe qué pensar, pero llega el momento en que concluye que no le queda más remedio

-Gracias,- dice en voz bien baja. -Te lo agradezco. Perdóname por haberte fallado.-

Ernesto la sigue mirando como si pretendiera comprender lo que está viendo y parece tener sus dudas una vez más. En silencio se pregunta con quién está tratando. La describió como una de las peores, admite que la usa porque no le queda más remedio. Bloquea su mente cuándo a ella llega las implicaciones de lo que dijo. La está usando porque es una de las peores. Está admitiendo que no puede o no se atreve a usar las mejores. Y el término que utilizó fue 'usar.' No la trata, no le ofrece amistad, no le ofrece cariño, la está usando porque no consigue algo mejor. Se retira en silencio, no se despide. Yaniz lo mira y no sabe qué pensar. Mira también su mano derecha y re-descubre cien dólares, cien dólares que le dieron por haberla utilizado.

++++++++++++++++++++++

-¿En qué piensas?- Sandra el pregunta a Clara al verla sumida en sus pensamientos.

-En Luis,- es su inmediata contestación.

-¿En Luis o en su dinero?-

-En Luis,- Clara se reafirma. -Me da pena con él. Está pasando las de Caín.-

-¿Cómo que está pasando las de Caín?-

-El caso de custodia es cada vez más inconcebible.- comienza a explicar. -Habló con una amiga que trabaja en el Supremo y le fue mal.-

-¿Qué le pasó?-

-Lo acusaron de mentirle a su cliente para robarle, de mentirle al Supremo.-

-¿Qué fue lo que dijo para que lo acusaran?.-

-Lo que está pasando en el caso, lo que verdaderamente está pasando.-

-¿Qué es lo que verdaderamente está pasando?-

-Un misterioso tribunal de apelaciones le devolvió la custodia a una madre abusadora, se celebra una vista en la que no lo dejan argumentar y dictan sentencia. La madre recibe la hija, se la lleva para Hawaii pero cuándo el padre la va a visitar lo acusan de violencia doméstica. El caso se les cae en corte en Hawaii pero la madre lo argumenta aquí y se lo aceptan. Desde entonces no se sabe de la joven..-

-No puedo creer lo que me estás diciendo,- Sandra la interrumpe. -Es increíble, totalmente increíble.-

-Se pone peor,- Clara le advierte. -Luis apela al Supremo y le fallan en contra. Va donde amistades, pregunta qué saben del caso y se le ríen en la cara, le dicen que nada de lo que argumentó es cierto y lo acusan de estafar a su cliente. Va entonces al FBI pero ahí le dicen que nada pueden hacer porque si el Tribunal Supremo exoneró a los que él acusa, ellos están obligados a respetar las decisiones de los tribunales-

-Tú no puedes estar hablando en serio. Lo que me acabas de decir es peor, eso no puede estar pasando, yo no creo que a tu jefe le hayan dicho cosas como esas.-

-Luis no cree que los jueces del Supremo sepan lo que está pasando.-

-¡Eso es más inverosímil aún!- Sandra se expresa al borde de la histeria.

-Luis cree que le ocultaron expedientes.-

-¡Eso tampoco puede ser!-

-Es la única explicación.-

-¡No es la única explicación! ¡Definitivamente no es la única explicación! ¡La única explicación es que tu jefe es un incompetente que no sabe lo que hace, le fallan en contra y no se da cuenta de que perdió y es tan poco hombre que se niega a aceptar la derrota! Va al FBI y acusa a jueces de incurrir en un secuestro. Allí le dicen que nada pueden hacer porque si el Supremo los exoneró, están legalizando el crimen. Añaden que están obligados a respetar las desiciones de los tribunales no importa lo mala que sean.

-Eso es lo que me acabas de decir y es inconcebible. Se supone que tú eres una persona inteligente, una persona inteligente que llevas años trabajando con abogados. Independiente de tus limitaciones, se supone que hayas aprendido cuándo alguien miente o está equivocado de forma tan clara. Estás tan enamorada de su dinero que le crees las barbaridades que te dice.-

Clara se queda callada, baja la cabeza, se sume en sus pensamientos y da la impresión de que no quiere o no se atreve argumentar.

-Verdaderamente estás enamorada de ese hombre,- Sandra añade al ver que su amiga no reacciona. -El amor que sientes por él o por su dinero te nublan la mente, no puedes ver lo que es obvio. Tu jefe es un incompetente de marca mayor. Pierde el caso, va al Supremo, hace acusaciones barbáricas contra jueces, le fallan en contra, va al FBI, hace las mismas acusaciones, le dicen que si el Supremo los exoneró nada pueden hacer.

-Me parece inconcebible que tú creas algo así. Llevas años trabajando para abogados. Desde hace tiempo tienes que haber aprendido que esa gente se inventa lo que sea con tal de salirse con la suya. Puede que haya uno que otro que sea honrado, pero la mayoría están ahí por el dinero, hacen y dicen lo que sea con tal de ganar el caso.

-¡La justicia que se vaya pa'l carajo!-

-Yo participé del proceso desde el principio,- Clara regresa a la vida y comienza a argumentar. -Tomé dictados, redacté sus argumentos, recibí y leí los de la otra parte, las órdenes de los jueces. Me consta que Luis ganó ese caso cinco veces, que la última sentencia era final, firme e inapelable pero comoquiera un apelativo sospechoso revoca a todo el mundo, le devuelve la custodia a la madre que abusó de la hija, se la lleva para Hawaii y que desde entonces nada sabemos de la joven. No es que yo esté enamorada de mi jefe, el Juez Ortiz y los del tercer apelativo ordenaron el secuestro de una niña y una una vez más Mikaelle está considerando el suicidio.-

-¿Qué te hace pensar que quiera suicidarse?- Sandra pregunta intrigada pero sintiendo sospechas.

-El padre de la joven, el cliente de Luis, le trajo un escrito que descubrió en Instagram donde Mikaelle expone que si su vida va a seguir como la está llevando, no la quiere seguir viviendo.-

Sandra baja la cabeza, se lleva ambas manos frente a sus ojos, parece suspirar en frustración, analiza lo que su amiga le dijo se niega a cambiar de opinión.

-Esto no puede estar sucediendo,- comenta frustrada. -Esto tiene que ser una novela de ciencia ficción. No es posible que jueces actúen de esa manera.-

-Están actuando de esa manera- Clara insiste.

-Si ese es el caso, Puerto Rico está perdido. La magnitud de la corrupción que eso representa no tiene paralelo en la historia. Habremos caído en un abismo del cual nunca jamás podremos salir.-

++++++++++++++++++++++

Yaniz echa de menos a Helenia. Debería estar dentro de la casa pero no la ve. Sale al exterior y la descubre no muy lejos hablando con el cartero. Nota que él luce atraído hacia la niña y sonreído con lo que le dice. Se les acerca y escucha a su hija.

-Todas mis amiguitas tienen un padre. Algunos no viven con ellas pero comoquiera las van a ver a la escuela. A mi nadie viene a verme. Eso no es justo.-

Yaniz baja la cabeza, cierra los ojos, trata de no pensar pero le es simplemente imposible.

-Él tiene que trabajar,- se apresura a intervenir. -Y cuándo salgas de la casa tienes que pedir permiso.-

-Su hija es encantadora,- el cartero le dice. -¿Qué le pasó al padre?-

-Cogió el monte,- responde de mala gana.

Tomado por sorpresa, el cartero la mira por unos segundos antes de reaccionar.

-No puedo creer que alguien haga una cosa como esa,- se muestra consternado. -Su niña es preciosa, bien linda, debería tener un padre.-

Yaniz baja la cabeza, no quiere hablar del asunto y busca una salida pero cree que tiene que ofrecer una explicación.

-Su padre sufría de depresión,- es lo primero que dice. -Tomaba todo tipo de drogas. Comenzó con las que sus amigos le recomendaron y como nada lo ayudó, probó la cocaína. Eso si le dio buenos resultados pero fue por poco tiempo. Se envició y comenzó a necesitarlas. Las primeras dosis se las regalaron, las segundas le pidieron algo, las terceras fueron más caras, las cuartas lo obligaron a hacer lo que fuera para poderlas pagar. Comenzó a robar y después a venderlas, engatusó a sus amistades como lo engatusaron a él, diciéndoles que son buenas y que no hacen daño. Cuándo la policía lo vino a buscar desapareció y desde entonces no lo hemos vuelto a ver.-

El cartero la mira dando la impresión de que sospecha, ella nunca lo miró, habló mirando al suelo, dando explicaciones que nadie le solicitó.

-Lo siento mucho,- de todas maneras trata de mostrarse compasivo. -Ahora entiendo por qué la niña quiere hablar conmigo.-

Yaniz se queda callada, luce incómoda pero el cartero parece esperar por ella. Como ella solo mira hacia el suelo, el cartero presiona.

-Paso por aquí todos los días,- le dice. -Tal vez podamos hablar un rato y eso la haga sentirse mejor.-

Yaniz entonces lo mira, luego mira a su hija quien parece aprobar lo que ha escuchado, vuelve a mirar al cartero y busca qué decir.

-Gracias por su atención,- responde cuándo por fin puede. -Estaremos pendientes.-

El cartero todo lo que hace es seguir observándola en silencio, como si esperara otra reacción por parte de ella pero como se queda callada, entonces le repite:

-Paso por aquí todos los días.-

Yaniz vuelve a mirarlo, parece que intenta comprender lo que se le ha dicho, se mantiene e silencio pero está conciente de que esperan por ella, al igual que el cartero, todo lo que puede hacer es repetir lo que antes le dijo.

-Lo sabemos y le agradecemos su interés.-

-Tal vez se pueda hacer algo,- el cartero persiste, tal vez más de la cuenta.

Yaniz vuelve a mirarlo y a su mente llega la posibilidad de que no sea con su hija con quien quiere hablar. Trata de encontrar una salida pero todo lo que puede hacer es repetir lo que ya dijo.

-Estaremos pendientes.-

El cartero sonríe. Yaniz baja la cabeza, analiza lo que está pasando, se pregunta si sería prudente intentar con un nuevo Armando. Se queda varada como si no supiera qué hacer. Vuelve a mirar al cartero, descubre una sonrisa en su rostro y deduce lo que significa. Si quisiera tendría alguien nuevo que la acompañara y hasta tal vez pueda iniciar una nueva relación que le ofrezca un padre a su hija y una fuente de ingresos que desesperadamente necesita pero envuelta en confusión no sabe qué pensar. No se da cuenta de que el deseo que antes la abrumaba no hizo acto de presencia. Toma a su hija por una mano y la regresa al interior de la casa. Atrás queda el cartero tratando de comprender lo que ha visto y su esfuerzo hace que la sonrisa desaparezca de su rostro.

++++++++++++++++++++++

Una vez más Clara nota a su jefe envuelto en sus pensamientos, sentado detrás de su escritorio dando la impresión de que algo le preocupa, Se pregunta qué será, sabe que el caso de Mikaelle lo afecta y que nada consiguió al recurrir al Supremo ni al FBI. Quiere pensar que se dio por vencido ya que nada más se puede hacer, pero al observarlo no se siente segura, se esfuerza por analizar lo que está viendo y termina por concluir que está cayendo en depresión.

Se pregunta cómo ayudarlo, no cree que deba recordarle que los casos han llegado a su fin, que lo más apropiado es olvidarse del asunto ya que él tiene que saberlo. Se dispone a acercársele pero parece a tener sus dudas, se pregunta si existe la posibilidad de que lo está afectando no sean los casos en los tribunales y si los relativos a su matrimonio. Considera entonces que tal vez pueda aprovechar la oportunidad para resolver su condición, se siente sola y nadie parece interesarse por establecer una relación con ella.

Recuerda que su jefe le dijo que Annie lo regaña por llevar los problemas de su trabajo a la casa, que no atiende a su hijo y quiere pensar que el matrimonio está llegando a su fin. Sandra le dijo que no se entrometiera, ella no cree que lo está haciendo, que es su deber darle aliento. La amiga argumenta que es incompetente, que perderá gran parte de su clientela y concluye que lo mejor es ir donde él.

-Me voy a almorzar.- al llegar a su lado le dice. -¿No le gustaría acompañarme? Sandra no vino hoy a trabajar y a mi no me gusta comer a solas.-

Pero él no reacciona, permanece inmerso en sus pensamientos, dando la impresión de que no la escuchó. Ella insiste en esperar hasta que de repente él parece salir de su letargo.

-Claro, buena idea,- como si de improviso regresara a la vida. -No hay problema. ¿Donde quiere almorzar?-

-Donde usted diga,- ella suspira aliviada.

-Qué le parece Red Lobster?-

-Ese es un sitio bien caro.-

-Usted no va a pagar.-

-Es que no acostumbro a gastar mucho.-

-¿No le gustaría un aumento de suelo? Podría ir a Red Lobster cuándo quisiera.-

Ella se limita a sonreír y a Luis le parece extraña su reacción

-¿Lo está pensando?- le pregunta cuándo no puede comprenderla.

-¿Cómo que si lo estoy pensando?- ella también reacciona confundida.

-Le acabo de ofrecer un aumento de sueldo y usted no me ha dicho ni ji, tal parece que está contenta con lo que le pago.

-Estoy contenta con lo que me paga.-

-¿En serio? ¿Dónde almuerza con Sandra?-

-Burger King, McDonald, Kentucky.-

-El viaje a ese estado cuesta mucho dinero.-

Clara lo mira tratando de comprender lo que se le ha dicho y cuándo deduce el significado de su cometario, ríe de buena gana.

-Qué gracioso,- entonces comenta.

-Me alegra saber que puedo ser gracioso,- comenta como si su comentario le hiciera recordar algo no agradable.

Clara se percata de su actitud y se apresura a rescatarlo.

-¿Cuál es ell problema?- le pregunta haciéndole saber que ha captado su preocupación.

-Me llamaron del FBI, me dijeron que estudiaron el caso, que lo discutieron con sus superiores y que no recomiendan darle seguimiento.-

-Cuanto lo siento. Me imagino que esa era su última esperanza.-

-Bueno, me pidieron evidencias más sólidas, como el soborno pagado.-

-¿Cuál soborno?-

-Suponen que nadie se compromete a cometer un crimen sin esperar una compensación.-

-¿Cree que pueda conseguir algo?-

-El único de los jueces que claramente se pudo haber vendido lo es Ortiz. Lo comenté con algunos de mis colegas y reaccionaron tal como todo el mundo lo ha hecho hasta ahora, se niegan a pensar que jueces hayan llegado al extremo de incurrir en crímenes como el que yo alego. Les recordé el caso de un juez que le falló a favor de una de las partes tras recibir miles de dólares. Me dijeron que ese caso es una excepción a la regla. Les pregunté si las excepciones a las reglas se limitan a un solo caso. Cambiaron el tema, alegaron que algunos jueces son vagos, que delegan en ayudantes y se dejan llevar por lo que les dicen sin estudiar a fondo el caso. Me aconsejan a que averigüe cuál de los ayudantes pudo haber sido el que se dejó sobornar pero no tengo la más vaga idea de qué es lo que tengo que hacer para averiguar algo así.-

-¿Cree que le pagaron a Ortiz?-

-No hay otra explicación. No se supone que dictara una sentencia que ya había sido dictada por los jueces del apelativo. Me pregunté con qué propósito hizo una cosa como esa. Me tomó tiempo darme cuenta.-

-¿Cuál era el propósito?- ahora Clara luce nerviosa.

-Encubrir la del apelativo.-

-¿Cómo que encubrir la del apelativo?-

-Existe la posibilidad de que nunca se haya dictado esa sentencia, que uno de los abogados, o tal vez los dos, Oliver y Torino tuvieran la osadía de inventarse su propia sentencia y radicarla en el sistema. Una copia le llega al administrador del tribunal, otra a mi y concluimos que el apelativo le devolvió la custodia a la madre. Argumentaron que Nieves interrumpió una relación amorosa entre madre e hija, que abusó de sus prerrogativas, que violó los derechos de Doña Frances pero nada contra Montalvo. Esos argumentos son patentemente falsos y están revocando una sentencia sostenida por el Supremo.

-Yo apelo bajo esa premisa, el Supremo me falla en contra porque nada de lo que argumenté tienen conocimiento. Apelé la sentencia del tercer apelativo pero lo que ellos tienen de frente es la de Ortiz, donde nada de eso se discute. Se imaginan que pretendo de defalcar a mi cliente ya que mis apelaciones me permiten facturarle.

-Los jueces del Supremo nada saben de la sentencia del tercer apelativo, ni la de Montalvo, ni de las apelaciones de la madre. Ni tan siquiera recuerdan la suya. Tienen mucho trabajo y si dependieron de sus ayudantes, es seguro que uno de ellos responde a los intereses de los abogados de la madre. Los jueces reciben la sentencia de Ortiz, alguien les dice que eso es todo lo que hay en el expediente, los jueces confían en lo que le están diciendo y al estudiarla, nada de lo que argumenté aparece. Concluyen que me lo estoy inventando todo, que pretendo defalcar a mi cliente, me dan un no ha lugar sin explicaciones pues asumen que soy un criminal.-

-¿Qué va a hacer ahora?-

-Creo que me he quedado sin opciones. Le dije a Sergio que busque cómo comunicarse con su hija pero no se atreve. En Hawaii le fabricaron un caso, la sentencia del tercer apelativo lo acusa de haber incurrido en acecho. Me dijo que Doña Frances lo ha acusado repetidamente de lo mismo, que todos los casos se le caen pero que lo sigue intentando. Y lo sigue intentando porque nunca ha tenido que confrontar las consecuencias.

-Ya había tratado de raptar a su hija cuándo no la envió para que estuviera con su padre para las navidades del veinte once. La citan seis veces, nunca comparece pero no la multan ni la meten presa. Recurre dos veces a tribunales sin jurisdicción pero nada le pasa. Tiene la osadía de mentirle a la jueza que presidió las dos vistas en Hawaii diciéndole que asistió a la útima cita que

Nieves le ordenó. La juez sabe que miente pues solicitó una transcripción de los procedimientos en Puerto Rico, le concede la custodia a Sergio pero no la multa por haberle mentido.

-Sergio se dispone a regresar a Puerto Rico con su hija y Doña Frances tiene la osadía de llamar a la policía y acusarlo de intento de secuestro. Los agentes lo interceptan antes de llegar al aeropuerto pero él les muestra la sentencia que le concede la custodia. En ese documento estaba estipulado que las autoridades Hawaianas no podían interferir con él. Su abogada de alguna forma tenía el conocimiento de que Doña Frances se atrevería a acusarlo e incluyó en la sentencia una orden para que no intervinieran. La policía la descubren, regañan a Doña Frances pero no le formulan cargos como debieron de haberlo hecho.

-Entonces recurre dos veces al apelativo y las dos veces les miente diciendo que Nieves abusó de sus prerrogativas y que violó sus derechos. Los jueces del apelativos la regañan pero eso es todo. Su abogados van al Supremo y contagiados por la madre también mienten. Le fallan en contra, la vuelven a regañar pero no la multan ni la meten presa. Un segundo tribunal de la familia le retira la custodia permanentemente debido a que abusó de su hija pero tampoco la castigan como fue lo que debieron de haber hecho.

-Tenía derecho de visitas pero solo una vez vino a Puerto Rico en los tres años que Sergio la tuvo, en todo ese tiempo nunca se comunicó con su hija, nunca la felicitó por sus tres cumpleaños, ni por todas las navidades que pasó sin ella, nunca preguntó cómo le iba en la escuela. En el juicio que se celebró frente a Montalvo, bajo juramento dijo que si no le concedían la custodia regresaría a Hawaii sin levantar objeciones. Sus abogados realizaron algunos intentos de apelaciones pero todos fueron denegados por tecnicismos. Todo parecía indicar que se habían olvidado del asunto cuándo de la nada surge un tercer apelativo que le devuelve la custodia sin avisarme tan siquiera que estaban revisando el caso. Y la forma como se llevó a cabo el cambio de custodia solo puede ser descrito como un arrebato. De la nada le devuelven la custodia, utilizan sus argumentos, ignoran por completo la parte de la sentencia de Montalvo en donde la censuran por sus desacatos y la declaran culpable por haber abusado de su hija, le retiraron permanentemente la custodia pero no la meten presa a pesar de haber incurrido en un delito grave.

-Ese factor solamente es un indicativo de que tanto el tercer apelativo como Ortiz están dictando una sentencia que solo puede ser interpretada como una orden de secuestro.-

Luis calla pero Clara todo lo que hace es mirarlo en absoluto silencio. Casi todo lo que acaba de escuchar era de su conocimiento pero nunca argumentado de esa manera. Intenta por todos los medios comprender lo que se le ha dicho pero su mente se niega a funcionar. No quiere pensar que los tribunales de Puerto Rico se hayan atrevido a permitir un secuestro. Cierra los ojos, se cubre la cara, se esfuerza por pensar en algo, lo que sea con tal de no aceptar que el sistema judicial incurriera en un crimen como el que su jefe le ha contado, pero por más que lo hace no encuentra otra explicación.

++++++++++++++++++++++++

Miguel mira a la mujer desnuda a su lado y luce confundido. Ha tenido sexo con ella más veces que las que recuerda pero el cambio que notó es indicativo de que algo anda mal. Espera a que despierte para preguntarle.

-¿Qué te pasa?-

-¿Por qué me preguntas?- Yaniz se muestra consternada.

-No eres la misma. Tú definitivamente no eres el tipo de mujer que actúa como si no te gustara el sexo.-

Yaniz desvía la mirada, cierra los ojos y se niega a aceptar lo que acaba de escuchar pero sabe que tiene que dar una explicación.

-Mi niña necesita un padre,- es lo que se le ocurre decir.

-¿Cómo que tu niña necesita un padre?- Miguel pregunta extrañado.

-En la escuela la molestan porque no tiene uno y sus amiguitas si.-

Miguel la sigue mirando cuándo no puede entender lo que le han dicho. Su confusión es tan obvia que ella lo nota.

-Y ese no es el único problema,- entonces añade.

Miguel todo lo que puede hacer es preguntar con su silencio.

-Me estoy quedando sin dinero, no consigo trabajo, antes eran muchos los que buscaban empleo, ahora son más, la pandemia ha multiplicado el número de personas desempleadas. El gobierno dice que no nos puede ayudar a todos, que somos demasiados, que ellos también se quedaron sin dinero, que están esperando que el gobierno federal les envíe algo. Ya no sé qué hacer.-

-¿Quiere que te preste algo?-

-Existe la posibilidad de que no te los pueda devolver.-

-No me lo tienes que devolver.-

-Si no te los devuelvo me van a acusar de prostituta.-

Miguel la mira y trata de comprender lo que se le ha dicho pero por más que se esfuerza su única opción es permanecer confundido.

-Ya anteriormente me han dicho que no soy la misma,- Yaniz añade. -Que soy dócil cuándo antes era una fiera. Pero es que no puedo ser como antes, no puedo concentrarme, he perdido el entusiasmo, tengo problemas, mi hija va a pasar hambre, quiere un padre.-

Miguel todavía no parece entender lo que le están diciendo, su explicación no le hace sentido, Siempre la había visto con tan solo un interés, todas sus experiencias con ella eran un desenfrenado comportamiento en la cama.

-¿Fuiste al desempleo?- le pregunta cuándo su mente se aclara un poco.

-Por supuesto.-

-¿Qué te dieron?-

-Nada-

-¿Por qué no?-

-No puedo probar que trabajaba.-

-No se supone que por eso te lo nieguen.-

-Pero me lo niegan.-

-¿Y el Programa Para Asistencia Nutricional?-

-Tampoco.-

-¿Cómo es posible?-

Miguel pregunta escandalizado.

-Tienen que investigar si tengo ingresos.-

-¿Qué tan difícil puede ser eso?-

-Dicen que muchos tratan de defalcarlos, que tienen que investigar pero que como ahora son tantos, es más difícil. Mucho de sus empleados se han contagiados, es más trabajo y menos el personal.-

-¿Le dijiste que tienes una hija menor de edad?.-

-Por supuesto.-

-¿Y aún así te la negaron?-

-Aún así.-

-No me digas que también se negaron a ayudarte en el programa de cupones para alimentos.-

-No te lo voy a decir pero eso fue exactamente lo que pasó.-

Miguel calla, analiza lo que le dijeron y que como no lo puede creer.

-Algo malo está pasando,- después de varios segundos se atreve a decir. -Se supone que te ayuden, especialmente si tienes una menor de edad.-

-¿Qué se supone que haga?-

-Tienes que seguir insistiendo. No te vas a morir de hambre. No vas a dejar que tu hija se muera de hambre.-

-Se los he dicho pero no me hacen caso.-

-Algo tiene que estar pasando. No te pueden tratar así.-

-Ya te dije lo que me dijeron. No tienen el personal para atender tantas reclamaciones. Tú pareces conocer los reglamentos. Tal vez si vas conmigo te hagan caso.-

-No puedo ir contigo.-

-¿Por qué no?-

-Tú debes saberlo.-

Ella lo mira y tarda en reaccionar.

-No lo sé. Ni tan siquiera sé por qué debo saberlo.-

Miguel la mira, parece dudar de su palabra y da la impresión de que a algo le teme.

-Tengo que pensar en mi reputación,- al final expone su condición.

Yaniz lo mira, estudia su semblante, trata de entender lo que se le dijo, cuándo no lo consigue pregunta.

-¿Cómo afecto yo tu reputación?-

Miguel vuelve a mirarla con sospechas, parece preguntarse si le está hablando en serio, tarda en reaccionar y cuándo lo hace es de forma cautelosa.

-Todo el mundo sabe a lo qué te dedicas. Si voy contigo, se imaginarán que soy tu cliente y decir que van a hablar mal de mi es lo menos malo que me va a pasar.-

Yaniz lo mira, no acepta lo que ha escuchado y se esfuerza por rechazar una acusación que una vez más se repite. Permanece silente por unos segundos pero al final no se puede contener.

-Tú nunca has sido mi cliente,- comienza a decir cuándo por fin consigue la fortaleza. -Nunca lo serás, nunca te he cobrado y nunca lo haré. Prefiero morirme de hambre. Lo que me has dicho me duele. Jamás pensé que te imaginaras una cosa como esa. Nada en nuestras experiencias te pueden servir de fundamentos para acusarme de una barbaridad como esa.-

-Yo no soy el que te acusa, yo sé que tú siempre me has tratado con respeto. Cuándo estoy con mis amigos muchas veces hablamos de ti, de tu ferocidad al tener sexo. Les digo que eres la mejor, me preguntan cuanto me has cobrado, les digo que lo hacemos por placer, se echan a reír, me quedo callado pues no comprendo lo que puedan estar pensando. Dan la clara impresión de que te pagan cuándo tienes sexo con ellos, me pregunto por qué a mi no me cobras y lo que se me ocurre pensar es que te conformas con tenerme a tu lado. Me imagino que contigo terminan en segundos y que tú sales a buscar otros por lo que entonces concluyen que te prostituyes.-

Se miran el uno al otro, Yaniz vuelve a cerrar los ojos, a mostrarse sumisa, confundida, Miguel parece que le tiene pena y busca cómo ayudarla.

-No soy tu cliente, nunca lo he sido, nunca lo seré, es lo que la gente dice, lo que mis amigos dicen. Siento haberte ofendido, no fue mi intensión. Pensé que lo sabías, me dijeron que eres presuntuosa y que quieren ponerte en tu lugar. Me duele ser la persona que te lo haga saber. Yo jamás hablaré mal de ti, eres una buena amante, vengo donde ti porque mi pareja no puede competir contigo, pretendo casarme con ella, tener sus hijos, crear una familia pero te consideraré siempre mi amiga. Quiero ayudarte pero no quiero que me vean contigo, se lo van a decir a mi novia, la puedo perder. Quiero darte algo de dinero. No tienes que aceptarlo si entiendes que te ofende. Pero me haz dicho que es para alimentar a tu hija. Por favor, acéptalos. Jamás le diré a alguien que haz recibido dinero de mi parte.-

++++++++++++++++++++++

-No podemos seguir así,- Annie le dice a su esposo.

-¿Qué te pasa?- Luis reacciona confundido.

-Sigues trayendo los problemas de tu trabajo a la casa,- ella parece protestar.

Él la mira pero permanece silente hasta que encuentra qué decir.

-Ultimamente he dejado de hacerlo, te dedico más tiempo a ti, a Luisito. He dejado de hablar sobre lo que tanto te mortifica,-

-No creo haberlo notado, con frecuencia te veo pensativo, no te das cuenta porque no te interesan mis problemas ni los de tu hijo. Antes te pasaba todo el tiempo jugando con él, eras su mejor amigo. Ahora te necesita más que antes, no podemos salir debido a la pandemia. Tú y yo salíamos al cine, a comer fuera, a visitar nuestras amistades. Ya no podemos hacerlo por lo que es necesario que nos dediques más tiempo.

-¡Nos estás dedicando menos!-

-Lo siento, lo siento. No me había dado cuenta. Pero te prometo que de ahora en adelante no dejaré de estar contigo. Lo haré tanto que me pedirás que te deje respirar.-

-Te estoy hablando en serio. No es momento para hacer bromas.-

-No estoy bromeando, también hablo en serio. Quiero estar contigo más tiempo, te necesito, no podría vivir sin ti.-

-Das la clara impresión de que si puedes. En adición estás haciendo cosas que jamás me imaginaría.-

-¿Cómo cual?--

-Fuiste al FBI,- Annie luce escandalizada.

-No me quedó más remedio.-

-Rechazaron tus argumentos. Eso era todo lo que tenías que saber.-

-Ocurrió un secuestro. Jueces del sistema participaron en él-

-¡Te pueden desaforar por eso!-

-Es improbable que lo hagan. No creo que se vayan a enterar y si se enteran que hagan algo.-

-Conozco a alguien que difiere. Me dijo que te pueden desaforar.-

-¿Quién te dijo eso.-

-Un amigo de infancia que me encontré cuándo fui al supermercado.-

-¿Qué clase de amigo es ese?- Luis luce desconcertado.

-Es abogado. Lo conozco desde hace tiempo. Estudiamos juntos desde kinder.-

-Existe la posibilidad, pero para eso me tienen que formular cargos y estarán obligados a escuchar mis argumentos.-

-Entonces no te has dado por vencido,- Annie declara con severidad.

Luis se percata de que pudo haber incurrido en un error y trata de modificar su respuesta.

-Lo más probable es que no se enteren, que si se enteran lo dejen pasar por alto, que si no lo dejan pasar por alto, que simplemente me amonesten, que me pidan que no vuelva a hacer y que me disculpe, que si no me disculpo, que me den una multa y que si no la pago, entonces me desaforan, no por haber puesto en tela de juicio al sistema judicial ni por haber recurrido al FBI para re-litigar el caso, si no por el simple hecho de no haber pagado la multa. Como sé eso, me disculparé, explicaré mis razones y si me multan la pago.-

Annie lo mira con sospechas y permanece en silencio y su esposo parece ponerse nervioso.

-¿Cuál es el problema?- pregunta cuándo sus sospechas se agudizan.

-Tú eres el problema,- tajantemente su esposa le dice.

-Lo siento,- se ve obligado a decir aún cuándo aún no sabe por qué está protestando. -Haré lo que tú me digas, regáñame si me ves fundirme. Te juro que te amo, que haré por ti lo que sea. Le dedicaré más tiempo a Luisito. Pero por favor, no dejes de amarme.-

Annie no responde, lo mira fijamente. Él se da cuenta de que hay algo más en su mente y ella no tarda en hacérselo saber.

-¿Qué me puedes decir de Clara?- entonces pregunta.

++++++++++++++++++++++

-¿Cómo te va con tu jefe?- Sandra le pregunta a Clara mientras almuerzan.

-De lo más bien,- responde la amiga casualmente.

-Define de lo más bien,- la amiga presiona.

-Salimos a almorzar el día que te reportaste enferma. Le dije que no quería comer a solas y lo invité. Me preguntó que donde quería me llevara y sugerí Burger King, McDonald, Kentucky. Me dijo que Kentucky está lejos,-

-¿Cómo que que Kentucky está lejos?- Sandra pregunta cuándo no comprende lo que le han dicho.

Clara ríe cuándo nota que su amiga no ha captado el fin del comentario.

-Es un chiste. Tardé en captarlo, pero me reí mucho cuándo lo hice.-

Sandra analiza lo que se le ha dicho y no tarda en captar el significado del comentario.

-Entonces estaba de muy buen humor,- entonces comenta.

-No en realidad.-

-¿No en realidad?-

-Los casos de los tribunales lo siguen martirizando.-

-¿Cuál es el problema ahora?-

-Los mismos de siempre, casos absurdos.-

-¿Qué los hace absurdo?-

-En un caso su cliente tuvo que pagar millones y para los efectos prácticos se quedó sin dinero.-

-Para los efectos prácticos,- repite Sandra. -¿Crees que se muera de hambre?-

-No, por supuesto que no.-

-¿Y entonces por qué tu jefe se martiriza?-

-Porque que es un abuso.-

-¿No sabe que no se pueden a ganar todos los casos?-

-Por supuesto, pero lo ocurrido en este caso es un abuso.-

-Esa es tan solo su opinión. Los jueces son humanos y se pueden equivocar. Eso no quiere decir que estén abusando.-

-Hay un límite para todo. Te puedes equivocar pero no hasta el punto de llevar a alguien a la quiebra.-

-Si se va a la quiebra deja de pagar y todo el mundo pierde. El juez tiene que saber eso.-

-Pero no lo sabe. Por eso es que lo están demandando.-

-¿Quién lo está demandando?-

-El cliente de Luis.-

-¡¿Luis está llevando una demanda contra un juez?!- Sandra pregunta escandalizada.

-Por supuesto que no, el cliente es el que lo está haciendo.-

-¿Y quién lo representa ahora?-

-Nadie. Demandó por su cuenta.-

-Entonces no es cliente de Luis.-

-Supongo que no.-

Sandra la mira, no luce conforme con sus respuestas y presenta una nueva objeción.

-Tu hombre bueno tiene otro defecto, está casado, un fallo muy severo. Tiene que saber perder, aceptar la derrota y seguir hacia adelante. Así es como funciona la vida. Si no aprende, se va a quedar sin dinero y tú tendrás que buscarte a otro para que no te mueras de hambre.-

-Luis es una buena persona. Por eso es que sufre cuándo las cosas no le salen bien.-

-No me estás haciendo caso. Si tu jefe no sabe perder lo pueden desforar y te quedarás sin trabajo. Me has dicho que habla mal de los jueces, incluyendo los del Supremo. Créeme, eso sienta las bases para que lo desaforen. Aún cuándo sea como tú digas, que las sentencias son malas. Eso no quiere decir que son criminales. Solo son humanos.-

-Hay un límite para todo. La ley estipula que los bienes gananciales se dividen por partes iguales. El cliente de Luis lo dio todo, o por lo menos casi todo. Se comisionó un estudio financiero de la sociedad de gananciales. El capital acumulado no era más de veinticinco millones lo que quiere decir que a la ex-mujer lo que le tocaban eran doce millones y medio. Le tuvo que dar cincuenta y después diez más al abogado. Como si fuese poco, tiene que pasar una pensión alimentaria de un millón de dólares a sus hijos, que es casi todo lo que se gana.-

-Pero no se va a morir de hambre.-

-No, por supuesto que no.-

-Entonces, ¿cuál es el problema?-

-Ya te lo dije, dio de más,- Clara sube el tono de su voz en señal de su malestar.

-No puede ser como tú lo explicas. Tiene que haber algo más.-

-Cristobal le ofreció cincuenta millones a su ex-mujer antes de que Luis asumiera su representación porque estaba arrepentido de su falta y quería subsanar el daño.-

-Si ofreció cincuenta, es de suponerse que tiene más,- Sandra señala en tono triunfante.

-No, no se puede suponer, hay un estudio financiero que demostró que ese era todo su capital.-

-Le dio cincuenta a la mujer,- Brenda parece preguntar con una oración declarativa. Clara responde en lo positivo con una simple mirada.

-Le dio diez al abogado.-

-Si.-

-¿Los diez millones?-

-Si.-

-Entonces no había que suponer que tenía más, los tenía, le dio cincuenta a la ex-mujer, diez al abogado y probablemente está pagando la pensión alimentaria.-

-Lo que tenía que pagar era la mitad de los bienes habidos en el matrimonio. El abogado de la mujer hizo otro que expuso que tenía más, pero no formaban parte del capital matrimonial.-

Sandra opta por quedarse callada al notar que la actitud de su amiga se desintegra, pero entonces Clara le señala lo peor.

-Y lo que ocurrió en el otro caso fue un secuestro. Un nebuloso tribunal de apelaciones le devuelve la custodia a una madre abusadora, señala vista y el nuevo juez vuelve a dictar la misma sentencia.-

Sandra se mantiene en silencio y tarda lo que parece una eternidad para reaccionar.

-Hemos hablado de esto antes. Por más que me lo digas no te lo voy a creer. Nadie me va a convencer que jueces autoricen un secuestro. El riesgo es descomunal, los pueden residenciar, los pueden desaforar, los pueden meter presos.-

-No los pueden meter preso,- con absoluta certeza Clara replica.

-¿Qué te hace pensar eso?- sumisamente Sandra pregunta.

-Los jueces están por encima de la ley. Los jueces son la ley. Lo que ellos dictan es mandatorio, hasta el FBI tiene que obedecer.-

++++++++++++++++++++++

-¿Qué haces aquí?- Ernesto le pregunta a Yaniz al verla de regreso en la barra.

-No sé,- responde ella con la mirada perdida.

-¿Cómo que no sabes?- pregunta él extrañado.

-Solía venir aquí en busca de compañía, solía venir aquí para divertirme.-

-¿Y?-

-Me siento mal. No sé donde ir. No tengo familia, perdí el trabajo, casi no me queda dinero, tengo que alimentar a mi hija. Regresé al Programa Para Asistencia Nutricional y al de los cupones y ambos sitios me dijeron que no han tenido tiempo para investigar mi caso. Les dije que un amigo me comentó que están obligados a ayudarme. Me miraron mal pero se quedaron callados. De mala gana me hicieron llenar más papeles y me dijeron que iniciarían una nueva investigación, que la ayuda no es instantánea, que se requiere un nuevo proceso. Pregunté cuanto tardaría, me dijeron que menos de dos semanas. A mi solo me queda dinero para un par de días, en la alacena de la casa solo hay alimentos para dos o tres día más. Todo se lo daré a Helenia. Supongo que pasaré hambre.-

-¿Y para qué vienes aquí?-

-No sé. Ya no sé lo que hago. Estoy desesperada.-

-¿Donde está tu hija?-

-Con una amiga que tiene una hija de la misma edad. Juegan mucho, allí le darán de comer. Mi amiga se siente feliz porque la suya tiene con quién jugar.-

-Le estás sacando provecho a tu amiga,- Ernesto parece regañarla.

-Estoy desesperada. Jamás me imaginé que algo así me pudiera pasar. Nadie sabe por lo que estoy pasando. Tengo amistades que también perdieron sus empleos, para ellos la ayuda fue inmediata. Y si no se la hubiesen dado, tienen padres, hermanos, amistades y otros parientes que los pueden ayudar. Yo a nadie tengo.-

Ernesto la mira en silencio, analiza lo que le dijo y cuándo cree tener una solución, se la hace saber.

-Tú siempre has venido aquí en busca de sexo. Ahora necesitas dinero. Me parece que una cosa te puede llevar a la otra.-

Yaniz lo mira, respira profundo, trata de decir algo pero no puede. Como no reacciona, Ernesto añade.

-Puedo ayudarte. Hay algunas cosas que quiero hacer contigo pero que tú siempre me dices que no.-

Yaniz baja la cabeza, sigue callada e incómoda.

-Podrías alimentar a tu hija,- él presiona.

Yaniz no responde.

-Con ese cuerpo no tendrás problemas de sacar cien dólares por noche,- añade.

-No quiero hablar del asunto,- por fin ella puede decir algo.

-No tienes que hablar del asunto, lo que tienes que hacer es atenderlo.-

-No necesito tu ayuda.-

-Necesitas mi ayuda. Puedo promoverte. Ganarías más de lo que ganabas en la fábrica.-

Yaniz se pone pies y parece que pretende retirarse pero Ernesto la agarra por un brazo y la atrae con firmeza.

-La diferencia en lo que tú siempre haz hecho y en lo que yo te propongo es tan solo dinero. Tu reputación en nada se va a afectar. No tienes una y si la tienes no es de las mejores.-

-¿A qué se debe ese cambio?- ella pregunta molesta. -Tú siempre me has tenido de gratis. ¿Por qué quieres pagar ahora.-

-Porque soy tu amigo. Quiero ayudarte.-

-Un amigo que quiere que me prostituya.-

-La diferencia es dinero. Eso es todo.-

-La diferencia es autoestima, integridad, reputación.-

-Saca la reputación de la ecuación. Eso es algo que no tienes, es algo que perdiste hace tiempo.-

Yaniz baja la cabeza, cierra los ojos. De repente está siendo confrontada con algo que no esperaba pero que reconoce que se atiene a la realidad. Quiere retirarse pero se le ha planteado un asunto que le provoca curiosidad.

-¿Qué tienes en mente?- decide salir de la duda.

-Tienes algo que nunca me has dado.-

Yaniz se limita a mirarlo pero da la impresión de que con el gesto está haciendo la pregunta.

-Te lo he pedido muchas veces. Siempre me dices que no pero estoy dispuesto a darte cien dólares si me lo das.-

Yaniz no sabe qué más decir. Se ha quedado sin opciones. Ha perdido la necesidad de tener sexo a cualquier precio y por contradictorio que parezca, ahora se le está ofreciendo uno por lo que antes hacía por placer.

-Por favor, a nadie se lo digas,- en voz baja y actitud sumisa acepta la oferta.

++++++++++++++++++++++

Clara nota que una vez más su jefe luce preocupado y que parece afectarlo más que antes. Realiza gestos agudos, extraños, como si batallara contra un monstruo invisible. Lo ve llevarse las manos a la frente, subir la cabeza, gesticula en lo negativo y gime como si sintiera dolor. No sabe qué pensar, se pregunta si es prudente hacerle un acercamientos, tiene sus dudas mas llega el momento en que se queda sin alternativas, va donde él, espera que note su presencia, pero como no parece hacerlo, no le queda más remedio que preguntar.

-¿Se siente bien?- lo pregunta tímidamente.

Él la mira en silencio, una mirada que ella no recuerda, que no reconoce y se pone nerviosa.

-Estoy bien,- sin embargo es lo que le dice.

Clara lo sigue mirando, un sexto sentido le advierte que algo anda mal y que podría envolverla.

-Si en algo puedo ayudarlo, por favor, no se retraiga, hago lo que sea por usted.-

Luis vuelve a mirarla fijamente, da la impresión de que analiza lo que acaba de escuchar.

-No es necesario que se moleste,- parece entonces evadir un asunto que no se ha planteado. -Si necesito su ayuda, se lo haré saber.-

Ahora su forma de expresión le llama la atención, es muy formal, la trata como si fuera un desconocida o a alguien que tiene que tratar con mayor respeto, concluye que existe un problema que hay que resolver.

-Estoy preocupada por usted,- entonces le confiesa.

-¿Qué le preocupa?- Luis la mira fijamente al preguntarle.

-Creo que está molesto conmigo.-

-¿Qué le hace pensar eso?-

-Usted nunca me ha tratado de este modo.-

-¿De cuál modo?-

-Está siendo frío conmigo, tal como se expresa me hace pensar que hay algo que no me quiere decir, algo que necesita, que parece que tiene que ver conmigo. Usted no es así, siempre comparte lo que le afecta. Algo le está haciendo daño y lo menos que debería hacer es preguntarme, tal vez pueda ayudarlo.-

Clara calla y espera por su reacción, la cual es esa mirada fija y un silencio que se alarga hasta ponerla nerviosa. Llega el momento en que no lo puede soportar y hace un leve movimiento indicativo de que pretende alejarse pero una pregunta la detiene.

-¿Qué siente usted por mi?- de repente él pregunta.

Ella se congela, no sabe qué decir, por su mente pasa la posibilidad de que él se haya enterado de algo sobre sus sentimientos. Quiere analizar esa posibilidad pero tiene que confrontar lo que de improviso se le ha planteado.

-Le tengo mucho aprecio,- tantea una respuesta.

-¿Cuánto aprecio?-

Una vez más más se congela, ahora parecen más claras sus sospechas. Por su mente pasa la posibilidad de que su amiga la haya delatado pero la pregunta tiene que ser contestada.

-Mucho aprecio,- añade.

Luis la mira en silencio. Es evidente que está analizando su respuesta. Ella lo nota, se pone más nerviosa, se puede decir que al borde del pánico.

-Usted es una gran persona,- añade cuándo la presión comienza a afectarla. -Tiene muy buenos sentimientos. Le he dicho a mis amistades que usted no es como los otros abogados, que a usted los casos le afectan, que cuándo no se hace justicia, usted lucha con tenacidad por los intereses de sus clientes y que si no obtiene lo que usted entiende les corresponde, se afecta emocionalmente. Mis amistades lo que creen es que usted lo toma todo muy a pecho y que no sabe liderar con las decisiones adversas.-

Luis la sigue mirando por algunos segundos antes de volver a preguntar.

-¿A quién a usted le ha dicho eso?-

Clara cierra los ojos, no quiere pensar pero cada vez es más evidente que él sabe algo, tal vez lo que siente y que es probable que alguien le haya dicho lo que es ese algo.

-A los que me preguntan,- cree haber encontrado una salida.

-¿Cuántos le han preguntado?-

-Mucha gente. A todos les digo cómo usted reacciona cuándo no se hace justicia, que los demás abogados se olvidan del asunto, que no les interesa si sus clientes se afectaron y se dan por vencidos con facilidad.-

-¿A quienes incluye esa mucha gente?-

-¿Cuál es el problema?- ya Clara entiende que tiene que dar el frente. Es más que evidente que su jefe no sospecha. Su jefe sabe. -¿Qué es lo que usted no me quiere decir?-

Luis la mira, luce como que tiene sus dudas, que tal vez no sea prudente confesarle lo que sabe. El problema es que todo lo que sabe es que su mujer parece tener sospechas de sus relaciones con su secretaria.

-Annie me preguntó qué puedo decirle de ti. Y me preguntó cuándo hablábamos de los problemas que estamos confrontando. Le dije que eres mi persona de confianza, la más que me ayuda, la más que necesito para sostener mi competencia en los tribunales. Me preguntó si eso es todo. Le dije que si. Se me quedó mirando como si tuvieses sus dudas. Al igual que tú, le pregunté que cuál es el problema. Me dijo que no quería verse envuelta en un caso como el de Cristobal. Le dije que eso jamás le pasaría, que primero la muerte vendría a buscarme antes de que a mi se me ocurriera mirar a otra mujer.-

De repente las cosas se han puesto peores. Luis no solo tiene sospechas, acaba de decirle que no le interesa relacionarse con ella. Clara busca con desespero qué decir, pero una enorme confusión nubla su entendimiento. Permanece paralizada sin poderse expresar. Luis lo nota.

-Cuándo la necesite,- entonces le anuncia. -Se lo haré saber.-

++++++++++++++++++++++

Como todas las mañanas Yaniz despierta pero distinto a las otras hay un extraño dolor en su alma. Por primera vez en su vida tuvo sexo sin placer. Hizo cosas que no se atrevía, cosas que no le gustaron, una de ellas muy dolorosa. Ernesto le pidió una cosa y después otra y ella nunca se negó. Pero lo más que le duele es que obtuvo cien dólares por lo que hizo. Trata de no pensar lo que eso implica, que le está dando la razón a los que piensan lo peor de ella. Muchos no le tienen estima, muchos condenan su vida libertina. Tardó en aceptar que la vieran de ese modo. No entiende el por qué de las censuras. Son dirigidas a ellas como si fuese la única. Ha tenido más compañeros sexuales que los que puede recordar y aún cuándo reconoce que esa es la causa principal para que la vean despectivamente, sabe que nada puede hacer, el deseo la domina y no se puede controlar.

Le dijeron que los hombres pueden tener todas las mujeres que quieran pero que ellas tienen que ser recatadas, ajustarse a las normas de la sociedad. Ella señaló que eso es injusto, que debería ser igual para todos. Le admitieron que así debería ser pero que por milenios eso es lo que ha imperando. Argumentó que millones están teniendo sexo en estos momentos, que es irrazonable que esa actividad sea censurada, que es una necesidad difícil de controlar, que es lo que da origen a la vida, que para muchos es una expresión de amor. No argumentaron, se quedaron callados, parecían no comprender su forma de pensar o simplemente no podían refutarla.

-Yo no cobro por lo que hago en la cama,- protestó.

Pero ahora esa protesta no es válida. Aceptó un pago por sus servicios. Trató de excusarse diciéndose que lo hizo por su hija pero su conciencia no la aceptó, le señaló que lo sucedido fue la consecuencia de un comportamiento habitual, que desde hacía mucho tiempo se lo estaba buscando y que hay otras formas para ganarse la vida.

A solas se preguntó que si lo que hizo está prohibido, por qué Dios lo permite. Es todopoderoso, no debe ser difícil contener a los humanos, que si los creó con un instinto imposible de controlar y que le estaba malo, ¿por qué nos hizo así? Si pudo crear un universo con trillones de galaxias, crear seres humanos sin esas debilidades debería serle fácil. Concluyó entonces que Dios no lo prohibe, son los humanos que pretenden controlar a sus semejantes, los hace sentirse poderosos y con mayores posibilidades para obligarlos a hacer lo que se les pida. Ignoró las enseñanzas y por años practicó el sexo sin limitaciones. Las censuras no la detuvieron aunque paulatinamente la fueron aislando. No se sintió preocupaba ya que le era fácil conseguir quienes los sustituyeran.

En medio de sus pensamientos, Helenia se le acerca para preguntarle:

-¿Cuándo vamos a buscar a papi?-

-Hoy vamos a buscarlo,- la madre responde tratando de recuperar su calma.

-Vamos al supermercado. Allí hay muchos,- sugirió Helenia.

-Después iremos al centro comercial,- añadió Yaniz. -Allí hay más.-

-¿Cómo tú crees que sea?-

Yaniz analiza la pregunta y no tarda en responder.

-Lo importante es que te quiera mucho, que comparta contigo todos sus momentos.-

-Tú crees que también me de mucho mac and cheese.-

-Por supuesto.-

La hija sonríe y da la impresión de que se imagina esa escena en su mente. La madre también sonríe al ver a su hija feliz. Trata de no pensar que será improbable alcanzar esa meta pero que según pase el tiempo, Helenia lo vaya olvidando. No cree que pueda conseguirle un padre, lo que espera es que la niña desvíe su atención a cosas que le llamarán la atención, juguetes, vestimentas y que probablemente regrese feliz a la casa habiéndose olvidado del asunto. Después de todo tiene dinero para satisfacer sus caprichos. Cien dólares que le durarán varios días, cien dólares que a pesar que le duele pensar cómo lo obtuvo cuándo al menos alimente a su hija por algunos días y la haga sentir feliz.

Después, Dios dirá.

++++++++++++++++++++++

Luis llega a su casa con un ramo de flores y un juguete en sus manos. Saluda efusivamente a su mujer, la besa apasionado, le entrega las flores le dice que la ama y espera por su reacción pero ella solo responde con una leve sonrisa. Tratando de no pensar en la impresión recibida va donde su hijo, se sienta a su lado, le pregunta qué hizo durante el día, el niño responde con la palabra nada y entonces le pregunta qué le gustaría que le regalaran. Luisito le dijo que patinetas, el padre le preguntó si se conformaba con un carrito de control remoto, el niño parece considerarlo, el padre se lo entrega y el niño sonríe. Annie observa el encuentro entre padre e hijo y también sonrió. Dio la media vuelta y comenzó a caminar hacia la cocina. Luis lo nota y le pregunta:

-¿Qué vas a hacer?-

-La cena,- responde ella.

-¿Quiere que te ayude?-

-¿Cómo?- reacciona extrañada.

-Hago lo que me pidas.-

-Tú nunca me has ayudado en la cocina, siempre me has dicho que no sabes cocinar, que tampoco te interesa aprender.-

Luis no reacciona, Annie lo mira en espera de una respuesta.

-No quiero perderte,- Luis entonces parece suplicar. -Quiero que me sigas amando como te amo yo a ti, quiero demostrarte que te amo sobre todas las cosas.-

Ella lo mira pero se queda callada, da la media vuelta y continúa hacia la cocina. Luis la sigue.

-Te amo,- le dice cuándo la tiene a su lado.

-Ya te escuché,- es como ella responde.

-¿Me amas?- pregunta él cuándo presiente su rechazo.

-Tengo que preparar la cena. Después hablamos.-

Luis cierra los ojos, baja la cabeza, se niega a aceptar la actitud que se le hace evidente.

-Por favor, Annie,- vuelve a suplicar. -Sé que no me he portado bien, que me he dejado abrumar por mis problemas. Pero te prometo que no volverá a ocurrir. Seré un hombre diferente, el que tú siempre has amado.-

-Hay una contradicción en esas palabras,- ella le señala.

Luis analiza lo que le acaba de decir mientras que Annie continúa hacia la cocina. Él permanece varado con sus preocupaciones pero todo lo que puede pensar es que su matrimonio confronta dificultades. Se pregunta qué pudo haberlas provocado. Admite que hizo mal al traer sus problemas a la casa y permitir que interfirieran con su matrimonio. Busca con desespero algo que lo ayude, algo que le explique qué ha causado el desprecio de su esposa implicando que su primera admisión no fue necesariamente la causa. Llega hasta ella y le pregunta:

-¿Qué te pasa? ¿Por qué estás molesta conmigo?

-No estoy molesta,- es su inmediata respuesta.

-No es la impresión que estoy recibiendo,- añade sumisamente.

-¿De qué estás hablando?-

-Has dejado de amarme.-

Annie lo mira pero no responde, desvía su atención y comienza a preparar la cena. Luis espera pero ella quien parece ignorarlo, no le dirige la palabra, ni tan siquiera la mirada, toda su concentración puesta en lo que se ha propuesto a hacer. Luis espera hasta que llega el momento en que no sabe qué pensar, ni tan siquiera quiere pensar ya que lo que llega a su mente no es algo que está dispuesto a aceptar. Se funde en sus pesares cuándo cree que que está perdiendo a su mujer, que su matrimonio está llegando a su fin y que desconoce el motivo porque ella se niega rotundamente a ofrecerle explicaciones.

++++++++++++++++++++++++

-No te he visto por la barra ultimamente,- le dice Andrés a Yanis cuándo por casualidad se encuentran.

-Dejé de ir,- ella de inmediato responde.

-¿En serio?- el amigo luce incrédulo.

-En serio.-

-¿Por qué?-

-Tengo que atender a mi hija.-

-¿No la atendías antes?-

-Por supuesto, pero antes trabajaba.-

-Y eso qué tiene que ver?- pregunta él confundido.

-Cuándo trabajaba tenía dinero y le pagaba a una niñera. Pero me quedé sin trabajo y casi nada me queda.-

-¿No volverás?- pregunta extrañado.

-Claro que no.-

-¿Dónde está Helenia? No la veo por aquí.-

-Está jugando con sus amiguitas,- Yaniz le dice a la vez que señala hacia la distancia.

Andrés mira hacia donde se le indicó y a corta distancia ve tres niñas corriendo, gritando y riendo. Supone que una de ella es Helenia.

-¿Qué vas a hacer entonces?- regresa su atención hacia su amiga.

-¿Qué puedo a hacer?- Yaniz pregunta evidentemente frustrada.

-Necesitas dinero, tienes que hacer algo.-

-Busco trabajo en la internet, es donde único aparece algo. Fui al Departamento del Trabajo pero de inmediato me dijeron que nada tienen disponible, le pregunté a mis amistades, me dicen que están en las mismas pero que reciben ayuda del desempleo, del Programa Para Asistencia Nutricional y cupones para alimentos.-

-¿Tú no?- Andrés pregunta extrañado.

-No.-

-¿Por qué?-

-No sé. Voy donde ellos casi todos los días, pregunto, lleno formularios, espero por sus respuestas, se quedan callados, les pregunto directamente y me dicen que están estudiando mi caso.-

-¿Cómo que están estudiando el caso?-

-Solo me dan excusas, me dicen que tienen millones de casos pendientes, que muchos de sus empleados se contagiaron con el virus, que otros no van a a trabajar porque le tienen miedo, que son muchos los que piden aún cuándo saben que no cualifican y que por eso son más restrictivos.-

Andrés analiza sus palabras y cuándo vuelve a expresarse, da la impresión de que no escuchó o no entendió.

-Tienes que hacer algo. No te puedes quedar así.-

-¿Qué puedo hacer?-

-Qué sé yo, algo, lo que sea.-

Yaniz entonces lo mira fijamente, da la clara impresión de que analiza su actitud, a su mente regresan las observaciones de Ernesto y se pregunta si Andrés está insinuando lo mismo. Como pasa el tiempo y ella no reacciona, él parece ponerse nervioso.

-No puedes dejarte morir de hambre,- insiste. -Tienes que atender a tu hija.-

Pero Yaniz insiste en su silencio, parece analizar sus palabras, cree que algo se implica y que él no se atreve a decir. Andrés se pone más nervioso, cree que le ha causado malestar y procede a cambiar el tema.

-Tu eres una mujer de extraordinaria belleza,- dice bajando el tono de su voz. -Todos estamos locos por ti. Haremos lo que tú nos diga, te daremos lo que tú nos pidas.-

-¿Qué tienes en mente?- Yaniz capta lo que se ha implicado

Andrés se queda callado, sabe que tiene que responder pero definitivamente no será con lo que estaba pensando.

-Tú y yo hemos sido amantes desde hace tiempo,- una vez más parece cambiar el tema. -Nos amamos con más pasión que los demás. Nadie se entregas como tú. Tal vez puedas obtener algo a cambio.-

-Ernesto se te adelantó,- ella le hace saber lo que tiene en mente.

Andrés se congela, la mira fijamente y se esfuerza por entender lo que se le ha dicho. Está así por un rato hasta que concluye que su posición ha sido descubierta y opta por confesar.

-Ernesto me dijo que le cobraste.-

-No le cobré, me regaló.-

-No hay mucha diferencia entre una cosa y la otra.-

-La diferencia es abismal, está de por medio mi auto estima, mi reputación.-

Andrés la mira fijamente, parece analizar lo que ha escuchado y tarda en reaccionar.

-No creo que tu reputación esté de por medio.-

Yaniz es entonces quien se queda callada, da la media vuelta y se retira.

-Cuándo quieras dinero, me avisas,- entonces él le ofrece.

Ella se detiene, parece analizar lo que escuchó, está así por unos segundos para entonces dar la media vuelta y confrontarlo.

-Necesito dinero,- de improviso le dice. -Puedo limpiar tu casa, lavar tu ropa, cocinarte.-

-Tengo una mujer.-

-Tienes dos, una la usas para satisfacerte. No sé lo que haces con la otra.-

Andrés la mira como sin no hubiese entendido y se esfuerza por responder sin exponer su posición hasta que concluye que eso ya no será posible.

-Te puedo pagar más por otras cosas.-

-¿Por qué me quieres pagar por lo que siempre te he dado de gratis?-

-Porque soy tu amigo, quiero ayudarte.-

Yaniz baja la mirada, una vez más analiza un cambio de actitud que no puede comprender. Se pregunta por qué de repente ha surgido, tuvieron sexo sin límites sin que intervinieran otras cosas que no fuera el placer pero por más que se esfuerza, sigue confundida.

-¿Qué es lo que está pasando?- procede a preguntarle a quien ya no ve como un amigo. -¿Por qué de repente todos quieren comprarme cuándo antes yo hacía lo mismo por placer?-

Andrés la mira con detenimiento, no parece entender la pregunta y da la impresión de que se esfuerza por encontrar una explicación. Cuándo cree tenerla, se lo hace saber.

-No te vemos como una amante,- comienza a decirle. -Tu forma de actuar siempre nos da a pensar de que tu no eres una persona decente, que esa cuestión de tener sexo con lo primero que aparezca no es lo que admiramos en las mujeres. Lo admiramos en los hombres, queremos ser como los que se les hace fácil tener todas las mujeres que quieran pero como no tenemos las mismas destrezas, nos vemos obligados a recurrir a las que son como tú, las cuales, gracias a Dios, no son muchas. Pensamos que como te vemos de cierta manera debemos tratarte de esa manera.

-Actúas como una prostituta, te tratamos como una prostituta.-

Yaniz cierra los ojos, se esfuerza por comprender lo que se le ha dicho pero su mente se niega a funcionar. Andrés parece esperar por ella pero todo lo que ve es que se mantiene en silencio y se pregunta si debe seguir insistiendo.

++++++++++++++++++++++

-¿Cómo ha sido tu día?- Luis le pregunta a Annie al regresar del trabajo.

-Igual que siempre,- responde como si no quisiese dirigirle la mirada.

-¿Y qué ha hecho Luisito?- opta por ignorar su respuesta.

-Lo mismo de siempre, juega a solas en la sala sus juegos de video. Cuándo se cansa se queda ahí mismo viendo televisión.-

-¿Cuáles son sus programas favoritos?-

-Qué sé yo. Allá él con sus cosas.-

-¿No te interesa compartir con él?-

-¿Por qué preguntas?- Annie reacciona de mal humor. -¿Crees que tengo tiempo para eso?-

-Pensé que si. Estás con él todo el día, creí que compartían juntos.-

-¿Y qué eso quiere decir? ¿Que no sé atender a mi hijo? ¿Desde cuándo te interesa? Tú llegas a la casa después de la cinco de la tarde, no tuviste que quedarte aquí sin nada que hacer, la pandemia no nos deja salir. Es peligroso. ¡Podemos contagiarnos!-

-Si sales a solas con él y te mantiene alejada de los demás, el riesgo es el mínimo.-

-¿Por qué tú no lo haces?- Annie continúa expresándose visiblemente molesta.

-¿Qué te pasa?- Luis ya no puede soportar su actitud. -¿Por qué estás molesta?

-Nada me pasa,- ella de inmediato responde visiblemente alterada. -No estoy molesta.-

-¿Y a qué se debe esa actitud?-

-¿Cuál actitud?-

-Esa tan hostil que me da la impresión de que si estás molesta conmigo.-

-No estoy molesta.-

-Te está malo todo lo que te digo. Tú actitud es horrible.-

-Te estás imaginando cosas.-

-No me las estoy imaginando. No me das margen para imaginármelas. Estás molesta conmigo. Y no es solo debido a mis casos en los tribunales, hay algo más y necesito saberlo.-

Annie lo mira fijamente, le muestra un rostro lleno de objeciones y se atreve a desafiarlo.

-No sigas hablándome de esa manera. Las cosas no están bien. No las empeores.-

Luis analiza lo que le dijo, dentro de su confusión lo único evidente es que está perdiendo a su mujer.

-Vámonos de viaje,- de la nada sugiere. -Tal vez un cambio de ambiente nos ayude.-

-Todos los viajes están suspendidos. Las líneas aéreas solo atienden viajes de necesidad, los locales turísticos están cerrados, los viajes en crucero también.-

-Podemos ir en el carro a dar una vuelta alrededor de la isla. Siempre hay lugares hermosos e interesantes para ver.-

-No me interesan. Los viajes alrededor de la isla me aburren, en todos los lugares es lo mismo, tiendas cerradas, restaurantes con capacidades de atención limitadas, hay que esperar horas para entrar. Una vez dentro, todos llevan mascarillas y se tienen que mantener alejados. La atención no es la misma, hasta se puede decir que hay tensión entre los asistentes.-

-Tenemos que salvar nuestro matrimonio.-

-¿Tenemos?-

Luis cierra los ojos, baja la cabeza, su mente se va en blanco a pesar de que se esfuerza por comprender lo que acaba de escuchar, es evidente que su matrimonio está llegando a su fin, pero ella se niega a dar explicaciones.

-Te estoy perdiendo,- entonces, muy sumisamente expresa lo que siente. -Si ese es el caso, y todo parece indicar que si lo es, lo menos que deberías hacer por mi es explicarme.

-¿Por qué me has dejado de amar?

-¿Qué puedo hacer para recuperar tu amor?-

La primera reacción de Annie es mirarlo fijamente, como si pretendiera retarlo una vez más pero entonces parece titubear, da la impresión de que iba a decir algo y que abruptamente cambió de parecer. Luis lo nota, se percató de que ella por fin pareció dispuesta a ofrecerle una explicación pero que algo la detuvo. Se pregunta qué pudo ser, una explicación llega a su mente y un intenso dolor lo hace estremecerse. Ella lo nota, vio el intenso dolor reflejarse en su rostro. Cierra los ojos, parece preguntarse algo, titubea, tiene sus dudas, quiere confesar lo que siente pero un intenso temor la detiene. Sentimientos encontrados pasan por su mente y todo lo que puede hacer es dar la media vuelta y abandonar la habitación a toda prisa. Él trata de interpretar lo que ha visto pero simplemente no puede y prefiere pensar que tal vez no todo está perdido, que tal vez algo se pueda hacer.

++++++++++++++++++++++++

A solas en su residencia, Yaniz no puede tan siquiera sumirse en sus miserias. No quiere pensar, algo en su mente la tortura y trata de ignorarlo. Tuvo sexo con Andrés después de todo, terminó aceptando su invitación pues se está quedando sin dinero. De ningún lado recibe ayuda pero las amistades en sus mismas condiciones si, reciben el desempleo, del Programa de Ayuda Nutricional, la mayoría están recibiendo cupones para alimentos, un tipo de ayuda que se puede considerar permanente. Pero a ella todas esas agencias le han cerrado sus puertas. Todo lo que le dan son excusas, le dicen que no han tenido tiempo para investigar su caso, que son muchos los necesitados, poco el personal. Lleva días aislada, lo que sintió con Ernesto y Andrés no es lo de antes. Actúa como una autómata, su mente abrumada por sus problemas, rogando porque todo termine pronto. Volvió a preguntarle por qué quiere ahora pagarle cuándo antes lo hacían por placer.

-Quiero ayudarte,- Andrés le dijo.

-Puedes hacerlo sin pedir algo a cambio.-

-Eso no tiene sentido.-

-¿Por qué no tiene sentido?-

-Si voy a gastar mi dinero, quiero algo a cambio.-

-Lo que estás recibiendo a cambio es algo que antes nada te costaba-

-¿En serio?-

-Por supuesto que en serio. ¿Qué es lo que está pasando?- Yaniz virtualmente grita. -¿Por qué ahora quieres tratarme como una prostituta.-

-Siempre te consideré una prostituta. Te lo dije ayer. ¿Ya se te olvidó?-

-¡No entiendo ese cambio de actitud!- ahora si grita. -¡Antes no era sí!-

-Tú siempre cobrabas. No te dabas cuenta pero cobrabas. Recibías a cambio un placer que de ninguna otra manera puedes obtener.-

-¿No te pasa a ti lo mismo?-

-No, no me pasa lo mismo, tengo una mujer, tú tan solo eras mi amante para completar lo que con ella no puedo.-

Yaniz calla, trata de comprender lo que se le ha dicho pero nada llega a su mente. No quiere pensar que las acusaciones a su conducta que no se atenían a la realidad ahora si se atienen, su sentido de culpabilidad es tan intenso como lo era el del deseo. Como se quedó callada, Andrés supuso que no seguiría argumentando ya que la verdad no le favorece.

-Aquí tienes tu dinero,- le dijo a la vez que se lo dejó sobre una mesa de noche.

-Gracias,- ella respondió con sus manos sobre su rostro y en un tono de voz virtualmente inaudible.

-No te sientas mal,- Andrés le dijo al notar su pesar.

-No puedo evitarlo.-

-Tarde o temprano ese iba a ser tu destino.-

-Nadie me lo advirtió,- responde sumisa.

-¿Qué hubiese pasado si te lo hubiesen advertido?-

Ella permanece silente, en la misma posición, sin poder moverse, sin poder pensar. Andrés vuelve a esperar por ella hasta que se hizo evidente que no habrá reacción alguna.

-Que pases buen día,- le dice al retirarse.

Ella sigue callada. Al salir, él echa una mirada hacia atrás y nota que sigue sumida en sus pesares. Se pregunta cuál es el problema, tuvieron sexo, recibió dinero a cambio y da la impresión de que no quiere que la vean como lo que es, como una prostituta. Tal vez antes no cobraba pero tenía sexo a diestra y siniestra con cuanto extraño se topara. Yaniz lo ve retirarse y trata de aislarse de una realidad que nunca reconoció. Siempre se imaginó que la admiraban por su forma de ser, siempre dispuesta a la aventura y entregándose con una ferocidad que nadie más mostraba. En medio de su depresión, su hija entra a su dormitorio,

-¿Cuándo vas a hacer de desayuno, mami?-

Con suma pesadez, la mira a la vez que trata de sonreírle.

-¿Qué quieres que te prepare?- se esfuerza por preguntarle.

-Mac and cheese,- es lo que a la niña se le ocurre pedir.

-Mac and cheese no es para el desayuno. No tenemos Mac and cheese.-

Helenia entonces parece a considerar sus opciones. Como tarda, la madre se las sugiere.

-Te voy a hacer farina. A ti te gusta la farina. Tenemos farina.-

-¿Y cuándo vamos a ir comprar un papá?- entonces la hija pregunta.

-Los papás no se compran,- Yaniz le dice con un nuevo pesar en el alma.

-¿Y cómo vamos a conseguir uno?-

Yaniz analiza lo que se le ha preguntado, luce como que no sabe qué decir, reconoce que tiene que hacerlo pero las palabras se le atragantan. Envuelta en sus pesares, también se le hace difícil pensar. Su hija espera por ella lo que la obliga a esforzarse más.

-Yo sé que algún día encontraremos un papá,- con mucho pesar logra expresarse. -Que iremos por ahí y alguien notará lo linda que eres, te preguntará quienes son tus padres, tú le dirás que solo tienes mamá ya que tu papá ha desaparecido. Te preguntarán si quieres uno, le dirás que si. Si no te preguntan, tú les pregunta, tal vez lo estén pensado. Puede que tardemos, pero no debemos perder las esperanzas, encontraremos uno que quiera ser tu padre.-

-¿Por qué papi no viene a verme?- hay un marcado pesar en el sentir de la niña.

-No sé,- se ve obligada a admitir. -Salió a trabajar pero nunca regresó. Le pregunté a sus amigos, le pregunté a la policía pero nadie supo decirme hacia donde se ha ido.-

-¿Crees que tuvo un accidente?-

-No sé, pero tal vez es que se montó en un avión que se estrelló en el medio del mar y por eso es que no lo pueden encontrar.-

Helenia la mira en silencio, es difícil saber lo que está pensando. Yaniz lo nota y no quiere pensar que ella dude de sus palabras. La toma por una mano, caminan hasta su dormitorio, la viste con lo mejor que encuentra, regresan a la cocina, le prepara el desayuno y al terminar le dice que van a un lugar en donde la están esperando, que le dijeron que ya investigaron su caso. De camino, la madre trata de mantenerla entretenida, no quiere que siga pensando. Le dice que el día es soleado, que el cielo es azul, que la brisa las es fresca. Le señala a la gente que camina por las calles, los vehículos de gran tamaño, de colores llamativos.

Llegan a su destino, entran a una oficina donde hay mucha gente esperando y donde el aire es más frío que en el exterior. No deja de hablarle, le dice que están haciendo turno en espera a ser llamada, que con el dinero que le darán van a ir a comer mac and cheese. Están horas esperando hasta que por los altoparlantes se escucha su nombre.

-Vente,- le dice a Helenia. -Llegó nuestro turno, Vamos a ver cuanto dinero nos van a dar.-

Camina animada en la dirección indicada por el altavoz. Al llegar se le identifica a la mujer que la espera tras un escritorio, quien entonces parece buscar algo.

-Aquí está,- dice cuándo lo encuentra.

Lee el documento que llevó frente a sus ojos. Le toma unos segundos descifrar el contenido, mira a Yaniz mostrando un cierto gesto que es difícil de reconocer. Tarda entonces en anunciar lo que ha leído, inclusive parece tener sus dudas, titubea, la mira nuevamente, carraspea, hace gestos de incomodidad y Yaniz presiente lo peor.

-No cualifica,- mirando hacia el suelo la oficial le anuncia.

Yaniz se le queda mirando como si no hubiese entendido, se mantiene callada como si no pudiera hablar, como si lo que escuchó abrumó sus sentidos. Pasa un tenso y largo tiempo y nada se le dice por lo que se ve forzada a pedir explicaciones.

-¿Cómo que no cualifico? ¿Por qué no cualifico? Estoy desempleada desde hace meses.-

Calla y vuelve a esperar por explicaciones, la empleada todo lo que hace es mirarla en silencio. Yaniz se ve obligada a implorar.

-Por favor, dígame lo que pasa. ¿Por qué no cualifico?-

La empleada comoquiera tarda en responder, pero al final, como que no le queda más remedio.

-Por sus ingresos,- por fin anuncia.

Yaniz todo lo que puede hacer es mirarla en un tenso silencio. Se ha quedado esperando por más explicaciones pero como no llegan se ve obligada a solicitarlas.

-¿Cuales ingresos? Yo no tengo ingresos.-

La oficial comoquiera tarda en expresarse y cuándo lo hace, su mensaje es hueco.

-No me obligue a decirlo en voz alta. Usted sabe de cuales ingresos hablo. No se haga la tonta, puede incurrir en violaciones a la ley.-

Yaniz oye el mensaje y se congela, no sabe qué decir, no sabe qué hacer, no sabe qué pensar.

Y como tarda en reaccionar, se le pide que se retire.

-Ya su turno llegó a su fin. Otros esperan. Haga el favor de permitirles que se acerquen.-

Pero Yanis sigue paralizada, todavía no sabe qué hacer.

-Por favor,- la empleada vuelve a dirigirle la palabra. -Hay otros esperando.-

Yaniz se pone de pies sin dejar de mirarla, se siente obligada a conceder lo que se le ha pedido. Comienza a retirarse a la vez de que se esfuerza por comprender lo que le han dicho. Según avanza, su mente comienza a despejarse y nuevos pensamientos se hacen presentes. Se pregunta qué va a hacer, dónde podrá conseguir dinero, cómo alimentará su hija.

-¿De qué ingresos esa mujer está hablando?-

Una respuesta llega a su mente pero tan pronto lo hace, con la misma presteza la retira.

-Eso no puede ser- se dice cuándo reconoce por un instante lo que pensó.

Cierra lo ojos y apresura el paso. De alguna manera llega al exterior y tiene que esforzarse para no llorar. Tiene una hija que alimentar y es poco el dinero que le queda.

Cien dólares.

Y el origen de ese dinero puede que sea la causa por la cual no cualifica. Queda implicado de que no solo le pagan por sus servicios, también lo comentan.

++++++++++++++++++++++++

Clara nota a su jefe una vez más está inmerso en sus pensamientos y que en esta ocasión parecen afectarlo más que antes. Ya sabe que no son los casos de Cristobal y Sergio, lo que sea, tiene que ser algo más serio. Ambos casos llegaron a su fin y él tiene que haberlo aceptado. El de Sergio, siendo el caso más doloroso está en espera de una última vista que se celebrará cuándo Mikaelle llegue a la mayoría de edad. Ni él ni Sergio tienen muchas esperanzas. Una vez más el juez Ortiz violó las estipulaciones que hubiesen obligado a la madre a enviarla de regreso a Puerto Rico.

Las estipulaciones claramente establecen que cualquier violación conlleva la pérdida de derechos de custodia. La madre estaba obligada a enviar a la niña para las vacaciones de verano, para las navidades, para los recesos primaverales, obligada a informarle al padre las condiciones de salud y escolares, a permitir que se comuniquen tres veces en semana. Nada de eso ha hecho y a lo que a Ortiz se le ocurrió fue multarla por no alentar las relaciones entre padre e hija. Ignoró cerca de una decena de querellas que su jefe radicó solicitando sanciones. El posteo que la joven escribió en su página de Facebook le llegó a su conocimiento y en un intento por salvar su responsabilidad procedió a multarla. El posteo lo desmiente, Mikaelle declara que quería quedarse con su padre, que el trato recibido por parte de la madre la llevó a considerar el suicidio.

Luis tenía conocimiento del comunicado pero cuándo llegó a su atención ya Ortiz y el tercer apelativo habían dictado sentencias. Uno de sus colegas le dijo que toda esa situación se reduce a la palabra del juez contra la de la joven. Luis le dijo que la segunda trabajadora social asignada al caso en sustitución de la primera testificó bajo juramento que Mikaelle le dijo que quería quedarse con su padre y que Ortiz fue testigo de cuándo el día de la entrega de la custodia a la madre, la joven lloró en corte rogándole al padre para que no le permitiera a la madre hacerlo odiar, que cuándo su cliente fue a Hawaii, su hija se mostró hostil y aparentemente se alió con la madre en cuanto a las acusaciones de maltrato y acecho.

Desde su despacho, Clara trata de ignorar sus quejidos, sus movimientos bruscos, sus gestos exagerados. Pero por más que trata, no puede, él está a corta distancia. Se pregunta si debe hacerle un acercamiento. El último provocó una situación que no esperaba, que su jefe tenía conocimiento de sus sentimientos, asunto que jamás pensó habría de saberse y que la llevó a enterarse de que comoquiera él jamás le correspondería, que el amor que siente por su mujer es todo lo que le interesa.

Pasa el tiempo y Luis no deja de quejarse. Algo evidentemente malo le pasa. Clara ruega porque ella no esté envuelta. Pero si lo está, solo hay una forma para saberlo. Desesperada busca cómo confrontarlo, cómo puede hacer un acercamiento que no la delate. Mas llega el momento en que reconoce que no le será posible. Tiene que ir donde él y preguntarle y lo tiene que hacer con la mayor diplomacia posible, confrontando cualquier acusación que se le pueda hacer. Cuándo cree haber encontrado una salida, sigilosa se le acerca y le hace una pregunta neutral.

-¿Se siente bien?-

Luis luce como que no la escuchó, permaneció inmerso en sus preocupaciones, mas hizo un leve gesto que parece indicar lo contrario. Ella permanece en silencio y como tarda más de lo que puede esperar, opta por arriesgarse.

-Si en algo puedo ayudarlo, por favor, no se cohiba. Estoy aquí para usted. No solo en cuanto al trabajo. A veces confrontamos problemas personales y si los comparte, en algo se pueden aliviar.-

Luis sigue callado, como si no la hubiese escuchado o como si la estuviese ignorando. Clara comienza a desesperarse, no sabe qué hacer, no sabe qué decir. Quizás la opción más apropiada sea retirarse pero un intenso temor que no puede comprender la detiene.

-Annie volvió a preguntarme por ti,- de repente le dirige la palabra. -Le rogué para que me explicara por qué ha dejado de amarme. Se negó tenazmente a ofrecerme una explicación. Le pregunté cuál fue mi error, qué hice mal, que no puede ser solo que yo llevara los problemas de la oficina a la casa, que desde hacía algún tiempo había dejado de hacerlo, que sabía que le estaba malo y que por ende jamás me volvería escuchar a hablar de ellos.

-'Tiene que haber algo más, le dije, no puedo creer que mis casos sean el único motivo para su actitud. Me dijo entonces que nos han visto salir juntos, le dije que fue una sola vez y que fue para almorzar, que la amiga que siempre te acompaña ese día no fue a trabajar y tú me pediste que te acompañara. Annie me miró en silencio como si no me creyera. Permaneció callada aún cuándo hice todo lo posible para que entendiera que solo existe una mujer para mi, que si la pierdo, no sé lo que voy hacer. Y tal como se expresa, la estoy perdiendo. No creo que sea porque dude de mi fidelidad. Ella tiene que saber que usted y yo nos conocemos desde hace mucho tiempo, que si en alguna ocasión yo hubiese hecho algo indebido, de seguro ella lo sabría reconocer.

-Cuándo hablamos, su actitud era hostil, le prometí una vez más que no llevaría mis problemas a la casa, le llevé un ramo de flores, la invité a irnos de viaje. Le pregunté el por qué de su actitud, en todo momento se negó a responderme, le dije que la amo, que no quiero perderla, que tenemos que salvar nuestro matrimonio. En ese momento las cosas se pusieron peores, implicó que no tenemos que salvarlo. Sentí como si mi mundo se desplomara, no me atreví a seguir insistiendo, temí que si lo hacía todo podría llegar a su fin. Ella tuvo que darse cuenta de que estoy desesperado. su primera reacción fue retirarse de prisa, atrás quedé sumido en mis pesares buscando explicaciones para su actitud. Poco después regresa y me pregunta por ti.

-Primero me dijo que nos vieron salir juntos, le dije que fue solo para almorzar, que me invitaste porque no querías hacerlo a solas y de de improviso me pregunta qué puede haber entre nosotros, no supe qué decirle, la pregunta me tomó por sorpresa y me imagino que lo interpretó como una señal de culpa. Me lo estrujó en la cara, me dijo que esa era la razón para su actitud.

Hizo una analogía con el caso de Cristobal que no pude entender, que no quería verse envuelta en un caso como ese, entonces lo hice peor, le dije que no se preocupara, que no tengo millones, que lo más que le puedo dar son miles.

-Se puso más furiosa todavía, pensó que lo tomé a broma pero lo cierto es que eso nunca pasó por mi mente. Mi reacción, aunque impropia, no tenía la intensión de mofa, yo me limitaba a hacer una observación que en ese momento consideré pertinente. La estoy perdiendo. Me culpo por llevar mis problemas a casa pero me acuerdo que antes no era así. No solo no le molestaba, me preguntaba, celebraba cuándo el caso se resolvía a favor de mi cliente, me alentaba cuándo ocurría lo contrario. Tiene que haber algo más. Mis errores no son tan serios como para provocar que haya dejado de amarme. Busco explicaciones pero nada viene a mi mente, tal vez porque no quiero saber qué pueda ser.-

Clara analiza lo que se le ha dicho y su primera impresión es que ella no es la causa del problema. Luis comenzó por inmiscuirla pero es evidente que la esposa parece tener otras objeciones. Se dice que la única persona que pudo haberla delatado lo es Sandra pero se siente segura de que no lo hizo. Tiene que haber algo más.

¿Pero qué?

Trata de buscar una salida, algo que le ayude a comprender lo que está pasando. Las objeciones de Annie, si es que se le pueden llamar de esa manera, son inquisitivas, le pregunta a su esposo qué puede haber entre ellos. Evidentemente no lo sabe, no es una acusación directa, solo pide explicaciones. Llega el momento en el que no puede pensar más, no se atreve a presionarlo, él está fundido en sus pesares, todo en lo que piensa es que está perdiendo su mujer. Si eso ocurre, Clara podría asumir que tendría el camino expedito para establecer una relación más estrecha, le preguntaría por sus cosas, celebraría con él sus triunfos, lo acompañaría en sus fracasos. Pero todo lo que él hace es fundirse en sus pesares sin ofrecerle explicaciones, como si ya no confiara.

Las palabras de su amiga regresan para torturarla, el hecho de que el matrimonio de su jefe termine en divorcio no quiere decir que ese suceso lo llevará a sus brazos. Cierra los ojos, se niega a seguir pensando, mucho menos en que todos sus esfuerzos hayan sido en vano.

++++++++++++++++++++++++

Caminando por el parque, Ernesto ve a Yaniz a la distancia y algo parece llamarle la atención. La mira fijamente, parece deleitarse en su atractivo y recuerda las noches de placer que han compartido. Piensa que hay otras no tan bellas ni tan agresivas y por su mente pasa el deseo intenso de volver a tenerla.

-Es una fiera en la cama,- se dice. -Puede que la última vez no haya actuado como antes, pero me dio todo lo que le pedí. Y hasta cierto punto fue mejor, no fue la fiera de siempre pero estuve al control.-

Entonces mira en su derredor como si para asegurarse que no está siendo observado y que puedan correr la voz de que estuvo con ella. Sabe que su reputación no es la mejor, la acusan de prostituirse por lo que se pregunta si es una buena idea ir donde ella. Vuelve a auscultar su medioambiente, se asegura que nadie lo ve y camina en su dirección.

-Es una mujerzuela,- se dice en silencio. -Solo sirve para una cosa. Jamás permitiría que me vean con ella. Y las cosas me están saliendo bien, todos se han convencido de que es una prostituta. No tuve que hacer mucho esfuerzo, les señalé que tiene sexo con todo lo que aparezca, que no se detiene frente a totales extraños ya que lo hace por dinero. Le he dicho a mis mejores amigos que yo le pago por sus servicios. Nadie lo puso en duda. No hay margen para ponerlo en duda, actúa como una verdadera puta, es una verdadera puta.-

Sintiéndose satisfecho con lo que ha pensado, opta por acercársele.

-¿Cómo estás?- le pregunta mostrándose ufano una vez la tiene cerca.

Yaniz se limita a mostrar una tímida sonrisa.

-¿Qué haces por aquí?- pregunta cuándo cree que no fue bien recibido.

-Estoy con Helenia,- responde sumisa. -No hay mucho que hacer y la traigo aquí para que despeje su mente.-

-¿Para que despeje su mente? ¿Qué le pasa?-

-Necesita un padre.-

-¿Cómo que necesita un padre?-

-Todas sus amiguitas tienen uno. Se mofan de ella porque no lo tiene.-

-No tienes que preocuparte por eso.-

-Tengo que preocuparme por eso. Es mi hija. Quiero lo mejor para ella.-

-Un padre no es necesariamente lo mejor para ella.-

-Es lo que ella quiere.-

-¿No puedes darle otra cosa?-

-No tengo otra cosa.-

-¿No tienes dinero.?-

-Tú sabes que no, perdí el trabajo, no cualifiqué para el desempleo, el Programa Para Asistencia Nutricional no me quiere ayudar, en la agencia encargada de repartir cupones me dicen que tengo que esperar, que son miles los casos que tienen que atender, que se quedaron sin dinero, que están esperando que el gobierno federal les envíe algo.-

-No necesitas ayuda, puedes valerte por tu cuenta, eres bien atractiva y con ese cuerpo te puedes ganar un millón.-

Yaniz baja la cabeza, suspira y no sabe cómo responder. Ernesto la mira más intensamente pretendiendo presionarla pero como ella evita su mirada su estrategia no le va a dar resultado.

-¿Te gustará ganarte cien dólares más?- entonces le pregunta.

Yaniz no responde, cierra los ojos, baja la cabeza y se envuelve en sus pesares. Necesita el dinero, está desesperada pero sabe que confronta la perdición.

-¿Qué te pasa?- Ernesto parece perder la paciencia. -No te estoy preguntando algo sobre mecánica cuántica. O si, o no. Es todo lo que tienes que decir.-

-No entiendo tu actitud,- por fin ella encuentra qué decir. -Siempre hemos tenido sexo por placer. El dinero nunca formó parte de nuestra relación y me parece extraño que ahora quieres que ahora sea parte entre tú y yo.-

-No siempre han sido sin dinero. No te hagas la tonta.-

-No me hago la tonta. Trato de no pensar en lo que recibir dinero significa. Lo hacía por placer, quiero hacerlo por placer.-

-Pues está bien, vamos a hacerlo por placer.-

-Ahora no siento las ganas.-

-¿En qué quedamos?- Ernesto estalla.

-Si lo voy a hacer será bajo mis condiciones y en estos momentos no siento las ganas.

-¿Desde cuándo eres así?-

-Desde que recibí dinero por hacerlo.-

-¿Cómo que por recibir dinero se te quitaron las ganas.-

-Me siento humillada, no quiero ser una prostituta.-

-Siempre has sido una prostituta. Puede que no cobraras, pero actuabas como una.-

-No me había dado cuenta.-

-¿Cómo que no te habías dado cuenta? Si ese es el caso, eres la única que no lo sabe.-

-Soy la única que no lo sé.-

Ernesto calla, la mira fijamente, busca cómo convencerla.

-Me acabas de decir que nada tienes, que en ningún sitio te ayudan. Te estoy ofreciendo algo. No creo que estés en condiciones para rechazarme.-

-No estoy en condiciones para rechazarte.-

Ernesto sonríe, creía que estaba siendo rechazado pero ahora piensa que tal vez logre su meta.

-Tengo amistades que les gustaría tener una mujer como tú,- entonces le dice.

Yaniz reconoce en ese momento lo mejor es retirarse, da la media vuelta y comienza a alejarse pero Ernesto la toma por un brazo y la sujeta.

-Por favor,- ella comienza a suplicar. -Quiero ir donde mi hija. No la veo, se ha retirado más de la cuenta.-

-No creo que la hayas traído,- sonriendo le dice.

Yaniz lo mira, se esfuerza por comprender su actitud pero su mente se niega a funcionar. Debería buscar una salida pero con su estado ánimo está abrumada por una absoluta confusión.

-No solo no estás en condiciones para rechazarme, estás obligada a hacer lo que yo te ordene. Eres mi prostituta. Tienes que obedecerme.-

Yaniz se paraliza, lo mira fijamente, da la impresión de que no comprende lo que se le acaba de decir, es evidente lo que esas palabras implican pero su mente se niega a aceptarlo. Ernesto también la mira fijamente, nota que busca una salida pero cree que nada podrá hacer, él es mucho más fuerte, a ella no le quedará más remedio que obedecerle.

-Ya es hora de que aceptes lo que tienes que hacer,- le dice amenazante. -No te queda más remedio, no tienes dinero y yo soy el único que te puede ayudar. No es cuestión de que aceptes mi ayuda, es que no tienes otra alternativa.-

Yanis no deja de mirarlo, se esfuerza por comprender lo que de improviso le ha surgido. Cierra los ojos, se niega a aceptar lo que le está sucediendo, un extraño dolor que jamás había sentido abruma su entendimiento. Da la impresión de que se pondrá a llorar pero a la misma vez trata de comprender su condición, está así por lo que parece una eternidad hasta que de repente una salida le cae del cielo.

-¡AUXILIO!- grita lo más fuerte que puede. -¡AUXILIO!-

Tomado por sorpresa, Ernesto la deja ir, por los próximos segundos permanece parado frente a ella sin saber qué hacer hasta que concluye que lo mejor es alejarse lo más rápido posible pero sin correr ya que podría llamar la atención. Al verlo alejarse, Yaniz suspira, se pregunta qué está pasando pero su mente se niega funcionar. Es solo por instinto que decide buscar a su hija y regresar a su residencia. Según pasa el tiempo, su mente comienza a despejarse, vuelve a preguntarse qué está pasando, a su mente llega una respuesta, la reconoce pero insiste en permanecer confundida.

-¿Será posible?- se pregunta

+++++++++++++++++++++++

De camino a su casa, Luis solo piensa en Annie. A veces en su hijo pero su interés primario es su mujer. Reconoce que incurrió en un error al llevar sus problemas de oficina a la casa pero ya nada se puede hacer, se ha disculpado, ha suplicado, pedido explicaciones pero su esposa se niega a ofrecerlas.

-Te amo Annie, te amo,- se dice en desespero. -Por favor, no me abandones. Te juro que seré el hombre que quieres.-

Una vez más se pregunta qué pasó para que se se llegara a este extremo.

-No siempre fue así, celebraba mis triunfos, me alentaba cuándo las cosas me salían mal.

-¿A qué se debe ese cambio?-

Trata de encontrarle una respuesta, está así hasta que está de regreso a su hogar.

-¿Cómo estás, cariño?- le pregunta tan pronto la tiene de frente.

-¿Cómo quieres que esté?- es su respuesta.

Luis cierra los ojos, baja la cabeza y se niega a aceptar lo que esas palabras implican.

-Quiero que estés de buenas conmigo, que me ames como yo te amo, que tu mundo se ilumine de la misma manera como se ilumina el mío cuándo te tengo a mi lado.-

Pero ella no responde, se niega a reaccionar y parece analizar lo que ha escuchado. En su rostro se refleja en su gesto indicativo de que sus palabras no fueron de su agrado. Solo que entonces, de improviso, un extraño sale del baño y se les acerca sin mostrar reparos. Luis lo mira, trata de explicarse su presencia pero su confusión es absoluta.

-¿A qué le debemos el honor de su visita?- le pregunta cuándo lo tiene de frente.

-Es Alberto, mi abogado,- Annie es quien responde.

El visitante sonríe, Luis cierra los ojos, tarda en reaccionar y cuándo lo hace es con una pregunta.

-¿Puedo saber su nombre?-

-Soy el Licenciado Alberto Martinó.-

-¿A qué debemos el honor de su visita?- repite la pregunta.

-Los documentos que le estoy entregando se lo explican,- es la respuesta que ofrece.

Luis los toma, los lleva frente a sus ojos y sus años de experiencia le advierten que es una demanda de divorcio, que el causal visible en la portada es diferencias irreconciliables y al lado izquierdo está escrito su nombre y el de su esposa. Vuelve a cerrar los ojos, bajar la cabeza y trata de no pensar. Permanece callado hasta que se siente obligado a confrontar la realidad que tiene de frente.

-¿Cuál es el problema? mira a su mujer al preguntar.

-Ha llegado el momento en que nuestras relaciones se han vuelto insoportables. Hice lo mejor que pude pero tu actitud no me ha dejado otra alternativa.-

-Cuál actitud?- pregunta sin mirarla.

-Tú sabes cual actitud,- ella responde de mala manera.

-No, no la sé.-

Annie calla, lo mira fijamente para después dirigirle su mirada hacia Martinó.

-Su esposa me ha dicho que usted la maltrata,- el abogado anuncia.

-¿Cómo?-

-Usted debe saberlo.-

-No lo sé.-

-Su esposa le está presentando su demanda de divorcio. ¿No le dice eso algo?-

-No, nada me dice.-

-No se haga el tonto. Ella me lo ha dicho a mi. Es imposible que usted no lo sepa.-

-Lo sabría si me lo hubiese dicho. Sé que le molesta cuándo le hablo de los asuntos de mi profesión, me lo ha dicho varias veces y desde hace tiempo dejé de hacerlo. Le pedí perdón, le juré que jamás volvería hacerlo.-

-Pues entonces no hay por qué dar explicaciones.-

-No usted.-

-Soy su abogado. Me contrató para defenderla. Ella me ha explicado lo que pasa, usted lo ha ignorado.-

-Puede que haya tardado en corregir mis errores, pero no se puede decir que representan algún tipo de agresión. Hay malos entendidos entre la gente pero si hablamos tal vez podamos dejar atrás nuestras diferencias.-

-Su esposa no lo ve de esa manera,- Martinó no deja impresionarse.

-¿Cómo lo ve?-

-Me dice que lleva tiempo incurriendo en un mismo error, que ha tomado una serie de acciones que ponen en peligro el matrimonio, que le ha llamado la atención y usted le resta importancia.-

-¿De qué acciones estamos hablando.-

-Usted perdió un caso en repetidas ocasiones, primero un Tribunal de Apelaciones le falló en contra, después el Tribunal de Familia rindió el mismo veredicto, fue al Supremo y obtuvo el mismo resultado. Entonces, insólitamente, en contra de la ética de nuestra profesión a usted se le ocurrió llevar una querella al FBI relativo a todas esas sentencias en contra de su cliente poniendo en duda la integridad de nuestro sistema de justicia.-

-Eso hice. ¿Cómo pone en peligro nuestro matrimonio esa acción?-

-Usted debería saberlo.-

-Lo que puede poner en peligro es mi título. Existe la posibilidad de que los jueces del Supremo no avalen lo que hice, es posible que me llamen la atención, que me amonesten, que me censuren, que me multen, que me suspendan.-

-¿No ponen todas esas acciones en peligro la estabilidad de su matrimonio?-

-No necesariamente. Si siguió mi línea de pensamiento habrá notado el uso de la palabra posibilidad, no es una certeza. Puede que en el Supremo no se enteren, puede que se enteran y lo ignoren, puede que no lo ignoren y me llamen la atención, que me censuren, que me multen, que me suspendan.-

-Que lo desaforen.-

-Que me desaforen.-

-Que pierda sus fuentes de ingresos y no pueda alimentar su familia.-

-Puedo dedicarme a otras tareas.-

-En medio de la pandemia no hay otras tareas.-

-Esa es su opinión.-

-Esa es la opinión de su esposa.-

-Puedo darle explicaciones.-

-Ella no quiere escuchar sus explicaciones. Ha sufrido traumas pensando en las consecuencias, ha concluido que usted actúa irrazonablemente, que se ha dejado llevar por resultados adversos y no le ha sido posible superarlos.-

-Poco a poco voy a superarlos.-

-Se le acabó el tiempo. No le queda poco a poco. Hágale un último favor a su esposa y déjela ir. Que busque por otros medios su felicidad. Con usted eso es imposible.-

Luis calla. Ha llegado el momento en que reconoce que está luchando una batalla perdida, que tal como le ocurrió en los casos de Cristobal y Sergio, todas las puertas le han sido cerradas, que no es bien recibido. Permanece pensativo, cabizbajo, frente a su interlocutor, quien parece que no va a permitirle estar por mucho tiempo sin ofrecerle una nueva explicación.

-Permítanme despedirme de mi hijo,- es entonces lo que dice cuándo por fin puede romper su silencio.

Su esposa lo mira pero se queda callada, Martinó también pero hace un leve gesto con la mano derecha indicativo para que realice lo que ha solicitado. Con gran pesar y sin tener la más vaga idea de qué más hacer, camina hacia donde su hijo, ruega que sus pesares no lo afecten, tiene que ofrecerle una explicación, una explicación que él mismo no se puede explicar.

++++++++++++++++++++++

Yaniz quiere salir de la casa pero no se atreve. Se dice que es lo mejor para evitar infectarse con el virus de la pandemia, pero en realidad es que siente vergüenza. Ha sido confrontada con una amenaza que no esperaba pero que da claramente a entender la opinión que se tiene de ella. Ernesto no es el único que se lo ha dicho, no es el único que le ha pagado por sus servicios y lo peor del caso es que la acusación llegó hasta las oficinas del Programa de Asistencia Nutricional, a la del desempleo y quien sabe si a la de los cupones para alimentos. En todos esos lugares se han negado a ayudarla. No lo han hecho con respuestas definitivas pero comoquiera la dejan a ella y a su hija desamparadas.

Trata de no pensar por lo que está pasando, instintivamente encontró una salida en su último encuentro con Ernesto pero al llegar a la casa, la conversación que tuvo con él regresó para torturarla. No puede evitarlo, busca cómo desviar su atención hacia otro asunto, se le ocurrió llamar a la oficina del desempleo para preguntar por su caso. Llevan semanas haciendo investigaciones pero la última vez le dijeron que no tardarían en hacerle saber el resultado. Solo que las que recibió fueron las mismas que le ofrecieron en las Oficinas Para el Sustento Nutricional, que no cualifica debido a sus ingresos. También le dijeron que ella debería saber por qué no cualifica, ella les dijo que no lo sabía. El interlocutor al otro lado de la línea dio la clara impresión de haberse molestado y subiendo el tono de su voz le dijo: -ese que le deja por lo menos cien dólares cada noche.-

-No tengo oficio alguno que me deje esa cantidad de dinero,- ella replicó. -No tengo oficio alguno que por lo menos me deje un centavo.-

La llamada fue cortada después de ese comentario y se vio obligada a concluir que el desempleo jamás la ayudará. Volvió a la internet y comenzó a llenar cuanta solicitud de empleo encontrara, incluyendo muchas a las que ella sabe no cualifica. Llegó el momento en que se cansó, llamó a Brenda y le preguntó si sabía de alguna oportunidad de empleo en algún sitio, el que fuera, que estaba dispuesta a trabajar en la luna. La amiga se rió, probablemente pensando que se trataba de una broma y le dio un consejo.

-Ay mija, sigue haciendo lo que estás haciendo. Es lo único que deja dinero. Me gustaría atreverme a hacerte la competencia pero muchas de nosotras no nacimos para hacer cosas así.-

Yaniz cortó la llamada, bajó la cabeza y volvió a sumirse en sus miserias. Llegó el momento en que se dijo que no podía seguir así y buscó un alivio. Pensó en su hija, fue donde ella, la abrazó con tantas fuerzas que la niña protestó, le pidió disculpas y le dijo que saldrían a hacer lo que muchas veces han hecho.

-Vente, vamos a buscarte un padre.-

Regresarían con las manos vacías. En ningún momento se toparon con alguien que pudiera llenar los requisitos. Todo el mundo está metido dentro de sus casas, si no tienen algo importante que hacer, lo mejor es quedarse adentro para evitar el contagio. Regresó a la internet y a la rutina de seguir buscando trabajo. Lleva meses tratando. Se quedó sin dinero, vendió su automóvil pero todo le que obtuvo fueron mil dólares. Pagó un par de meses de alquiler, hizo una compra sustanciosa pero una vez más ha regresado al punto de partida y carece de una salida airosa. Desesperada ora, suplica pero no tarda en darse por vencida.

-Dios no me va a ayudar,- llorosa se dice. -Soy una mala persona, he estado actuando mal por años. No le he conseguido un padre a mi hija y las probabilidades para conseguirlo son inexistentes.-

-¿Cuándo volveremos a salir para buscar un papá?- Helenia interrumpió sus pensamientos.

-Mañana,- fue lo que le dijo tan pronto algo le llegó a su mente. -Me siento muy cansada. Estuvimos caminado por horas. Todo el mundo esta metido en sus casas, le tienen miedo al virus, no quieren enfermarse. Nosotras vamos a tener que hacer lo mismo.-

Mira entonces a su hija intentando interpretar su silencio. La niña la mira como si no hubiese entendido, como si su confusión fuese tan profunda que no puede expresarse. Al verla así, nuevamente la abraza con todas sus fuerzas y Helenia vuelve a protestar.

-¡Mami!- grita cuándo al sentirse aprisionada.

-Lo siento, mi amor, lo siento,- apresura a disculparse al percatarse que sobre reaccionó. que tal vez le hizo daño y se puso a llorar.

-No llores, mami,- la niña percibe su dolor. -Mañana saldremos a buscar a papi.-

Yaniz entonces llora con mayor desespero.

++++++++++++++++++++++++

Desde su despacho Clara ve a Luis y sabe que algo terrible tuvo que haberle pasado. Ayer estaba inmerso en sus pensamientos, hacía movimientos bruscos, gemía, lucía desesperado pero ahora está llorando y está llorando con desespero. Llora sin darse cuenta que ella puede verlo, no intenta ocultar su dolor o tal vez está esperando que ella vaya a rescatarlo pero ella no sabe qué hacer. No se siente preparada para confrontar algo que no entiende.

A su mente llega la noción de que cada vez parece ser más desesperante su condición. Lleva semanas notando que sus preocupaciones son cada vez más agudas. Los casos de Cristobal y Sergio lo afectaban pero los confrontaba, le buscaba soluciones, no se dio por vencido. La condición de su matrimonio parece empeorar y por su reacción es evidente que cada vez es más desesperante. Pero ahora da la impresión de que confronta una condición que lo abruma por completo. Hasta ayer parecía dispuesto a seguir luchando pero ahora luce derrotado.

-¿Será posible que su hijo haya muerto?- Clara se pregunta al notar su condición desesperante. -¿Será Annie? ¿Qué les pudo haber pasado?

-No puede ser que alguien haya muerto. Si ese fuese el caso no hubiese venido a trabajar, estaría haciendo los arreglos para un funeral y ¿qué pudo haber provocado una muerte tan súbita? A menos que haya sido un accidente.

-Quizás se trata de una condición terminal.-

Se esfuerza por encontrar explicaciones pero ante la ausencia de conocimientos es imposible hallar una. Se encuentra frente a un callejón sin salida, su propio problema regresa a su mente.

-Si Annie confronta una condición terminal, ¿habrá una puerta abierta para mis aspiraciones? Podré aprovechar su dolor y ofrecerle un consuelo que conlleve un contacto físico, un contacto físico que lleve a una relación íntima, una relación íntima que lleve a una relación permanente. Pero si no es una condición mortal, ¿qué puede ser? ¿Cómo puedo enterarme de lo que está pasando? ¿Qué lo hace sufrir de esta manera?-

Concluye que nadie puede haber muerto, que ni tan siquiera se encuentran hospitalizados. Cualesquiera de las dos alternativas conllevaría que no hubiese venido a trabajar, que estaría haciendo los preparativos para un funeral o estaría en el hospital. Se pregunta si es apropiado preguntarle, ofrecerle ayuda, esperar que lo solicite, es evidente que la necesita. Pero entonces se acuerda de que tiene que decirle algo relativo a sus funciones que requieren su pronta atención. No está en condiciones pero tiene que recordárselo. Se pone de pies, respira profundo, se le acerca, titubea al llegar a su lado y concluye que no le queda más remedio. Una vez frente a él parece tener sus dudas, sabe lo que le tiene que decir pero se siente insegura.

-Usted tiene vista hoy,- cuándo se llena de valor le dice.

Luis, con los ojos cerrados levanta la cabeza, hace el esfuerzo por aclarar su mente, se pregunta si lo vio llorar, recuerda que no cerró la puerta, que llegó tan abatido y con un solo pensamiento en su mente.

-¿La habré perdido para siempre?.-

Clara espera por él, trata de no analizar lo que está viendo, no le ha dirigido la palabra, no le ha preguntado de qué se trata, no pidió el expediente que le recordara qué asunto tiene que atender, tampoco le dio las gracias. En silencio lo ve ponerse de pie, caminar hacia un archivo, rebuscar en su interior, sustraer un pequeño expediente, estudiarlo y caminar hacia la salida, abrir la puerta y abandonar la oficina.

Atrás queda Clara tratando de comprender lo que acaba de haber visto. Está así por un rato hasta a que concluye que se ha quedado sola y con el campo abierto para buscarle una explicación a los pesares de su jefe. Se imagina que se trata de un asunto personal y que nada debe haber en la oficina algo que lo explique pero su curiosidad es tan intensa que ignora la advertencia y comienza a hurgar por todos lados. Va de un archivo a otro, de un escritorio a otro, de gaveta en gaveta sin tener la más vaga idea de qué es lo que está buscando.

Está a punto de darse por vencida cuándo reconoce que no ha buscado en el interior del escritorio de su jefe. No se le ha prohibido pero nunca lo ha hecho porque entiende que ese debe ser un espacio privado para sus asuntos personales. Se pregunta si debe proseguir, la respuesta a esa pregunta es obvia, no debe hacerlo pero comoquiera camina hacia el escritorio, hurga su interior e inesperadamente descubre unos documentos de visible carácter legal. No deberían estar ahí. Todo documento legal pertenece a un archivo en específico. Los toma, observa su portada y descubre que se trata de una demanda de divorcio. Una línea más abajo identifica el causal como diferencias irreconciliables, al lado izquierdo se lee el nombre de su jefe y el de su esposa. Cierra los ojos y su semblante se comprime, implora y suplica que ella no sea la causa. De repente tiene de frente algo que por meses ha deseado pero ahora no lo quiere aceptar porque ha descubierto la causa para los pesares de su jefe, la causa para sus gestos de agonía. Le suplica a su dios para que nada malo le ocurra, solo que si su dios la está escuchando, no le va a hacer caso.

++++++++++++++++++++++++

Luis sale de su oficina hacia un tribunal a corta distancia. Se dice en silencio que tiene que concentrarse en lo que tiene que hacer, que deje atrás sus problemas, que se olvide de Annie pero no puede dejar de pensar en ella, que la ha perdido y no cree que se deba a sus errores. Su abogado estaba en su casa, no tuvo que ir a su oficina, estaba en su casa con ella, él fue quien lo confrontó, el que argumentó. Annie se mantuvo aislada sin ofrecer explicaciones. Todo lo que dijo es que sus relaciones se había vuelto insoportables y que su actitud le impidió salvarlas.

Fue confrontado con una demanda de divorcio por diferencias irreconciliables. Si ese fuera el caso él estaría dispuesto a hacer concesiones. Pero si ella ha desviado su amor hacia otro, él se encuentra perdido dentro de una jungla a la cual ni tan siquiera sabe cómo llegó. Se preguntó qué hizo para provocarla a tomar esa decisión. Debió de haber sospechado que había algo detrás de sus quejas. Ella compartía sus dilemas, festejaba sus triunfos. Durante el noviazgo y la mayor parte del matrimonio, preguntaba cómo le había ido. Y esas preguntas demostraban un interés intenso.

Llega al tribunal envuelto en sus preocupaciones. Camina hasta la sala donde se verá la vista en el cual es la representación legal de una de las parejas que quieren divorciarse. Ambos están de acuerdo en dar por terminado el matrimonio. Entra a sala, ausculta los alrededores y no ve a su cliente, tampoco al cónyuge ni a su abogado. Mira hacia el estrado directamente al alguacil de sala quien se percata de su llegada y del gesto que muestra. Parece preguntarle por su cliente y lo hace con la certeza obtenida a través de años de experiencia. Del mismo modo, el alguacil le hace saber que desconoce su paradero.

Luis suspira, se relaja pensando que tendrá más tiempo para prepararse. Hace una recapitulación mental de lo que se ha discutido en el caso pero no puede evitar escuchar las discusiones que se llevan a cabo en el caso se está litigando. Distingue al Licenciado Delgado, quien en ese momento se dirige al Juez Alvarado. Argumenta que una de las partes no ha cumplido con lo que se le ha requerido y que por su cuenta se había comprometido. Después nota que el juez le dirige la palabra a un individuo de aspecto patético parado en medio de la sala mirando hacia el estrado lo que evita que se le pueda identificar. Cuándo se expresa parece mascar las palabras y apenas se le entiende pero de todos modos creyó haberlo escuchado decir que se quedó sin trabajo y que por esa razón es que no ha podido cumplir.

-¿Cómo es posible que un neurocirujano se haya quedado sin trabajo?- el juez grita con ojos desorbitados.

La palabra neurocirujano lo despierta. Al igual que a Alvarado le parece insólito que alguien en esa profesión haya perdido su empleo. Toda su atención se desvía hacia el estrado pues creyó haber escuchado al individuo decir que lo metieron preso.

-Por supuesto que lo metieron preso,- otra vez Alvarado parece gritar. -Y si no cumple hoy, lo voy a volver a meter preso.-

-Este individuo es un descarado,- añade de mala gana Delgado.

-Lo que es es un hijo de la gran puta,- entonces escucha gritar a una mujer sentada a la diestra del abogado.

Luis luce sorprendido ya que la dama no se ha expresado con decoro en una sala jurídica y cree que le van a llamar la atención. Pero no lo hacen, se ha expresado mal pero nadie pareció haberla escuchado a pesar de que lo hizo gritando. La mira para saber quien se atrevió a expresarse de esa manera y se sorprende al reconocerla.

Es Ana.

Incrédulo, se pone de pies, camina sigiloso hacia el estrado, se le acerca al patético individuo a quien se le confronta y se niega a aceptar al que cree reconocer.

Es Cristobal.

Lo mira pero no lo puede creer. Sin darse cuenta incurrió dentro del área al frente del estrado y de inmediato el juez le llama la atención.

-¿En qué puedo servirle?- pregunta Alvarado con cierta cautela.

Pero Luis no pareció haberlo escuchado, todo su interés está puesto sobre quien una vez fue su cliente.

-Licenciado Hernández,- el juez levanta el tono de su voz. -¿Qué hace usted en sala?-

Luis entonces reacciona, lo mira como si se esforzara por comprender lo que se le ha pedido y tarda en responder. Tarda tanto que el juez le pide que abandone el estrado.

-Si nada tiene que decir, retírese inmediatamente.-

-Cristobal es mi cliente.- con voz casi inaudible Luis reacciona.

-¿Desde cuándo?- ahora si grita Alvarado.

-Señor juez,- Luis responde sumiso. -Usted tiene que recordar que en varias ocasiones actué en su representación. No hace mucho tiempo de eso.-

-Él ha estado viniendo aquí sin representación legal durante meses,- Alvarado sigue expresándose sin poder ocultar su malestar.

-Permítame hablar con él por un momento,- casi suplica. -Quiero saber qué está pasando.-

-Lo que está pasando es que ese individuo no ha cumplido con su responsabilidad,- interviene Delgado. -Ha dejado de pagar la pensión alimentaria. Ese es un delito que no se perdona. Los niños tienen que comer, no se les puede dejar pasando hambre.-

Luis luce confundido, no sabe qué decir, le toma tiempo para poder repetir su súplica.

-Permítame hablar con mi cliente por unos minutos. De inmediato regresaré con mis argumentos.-

-El tiempo para argumentar ha expirado,- Alvarado vuelve a expresarse de mala manera. -Lo que él tiene que hacer es cumplir con sus hijos, son niños, no pueden valerse por cuenta propia. Dependen de que el padre los alimente.-

-Por favor, señor juez, deme cinco minutos.-

La actitud de Luis es tan sumisa que conmueve al juez.

-Cinco minutos. ¿Está claro? Cinco minutos.-

-Gracias, señor juez,- Luis mantiene una actitud suplicante.

Toma a Cristobal por un brazo, lo hala con delicadeza hacia uno de los extremos de la sala, y mostrando un gesto de absoluta confusión le pregunta:

-¿Qué te ha pasado, Cristobal? ¿Cómo es posible que hayas llegado a este extremo?-

-Me quedé sin trabajo,- con su mirada hacia el suelo responde.

-¿Cómo es posible que te hayas quedado sin trabajo?-

-La pandemia.-

-¿Cómo que la pandemia? Lo que debió haber ocurrido es que tengas más pacientes que antes.-

-El virus está fuera de mi especialidad. Enferma a la gente pero nada un cirujano puede hacer. No es posible extirparlo. Muchos de mis pacientes se han contagiado, no es posible llevarlos a sala de operaciones bajo esas condiciones. Muchos han muerto, otros se han quedado en sus casas. Me quedé sin dinero, no pude pagar la pensión de mis hijos y me metieron preso. Cuándo en el hospital se enteraron, me despidieron porque creen que soy un criminal, no quieren saber de mi. Abrí mi propia oficina pero la pandemia mantiene a los pacientes fuera de circulación, se tratan con sus propias medicinas, se mueren antes de llegar a mi.-

Luis baja la mirada, no sabe qué pensar, tiene que regresar frente al juez y carece de argumentos. Mas acostumbrado a confrontar situaciones adversas bajo esas condiciones, regresa al estrado, se para frente al juez y espera por su reacción.

-¿Qué me dice?- Alvarado se expresa molesto.

-No tiene dinero, no puede pagar, por haberlo metido preso fue despedido y ahora sí que no puede pagar.-

-¿Y qué quiere que haga?-

-Dele una oportunidad, déjelo ir, la pandemia no va a durar para siempre. Cuándo todo regrese a la normalidad, de seguro volverá a estar en las mismas condiciones económicas de antes.-

-¿Y de qué van a vivir sus hijos? Se van a morir de hambre si no les da para comer.-

-Los niños son millonarios. Su padre le dio millones antes de quedarse sin trabajo. Le dio cincuenta millones a la madre. Si los niños extraviaron su parte, la madre todavía puede mantenerlos. Es lo que muchas madres hacen.-

-¡Está siendo cínico!- de repente Delgado protesta. -La responsabilidad es de ese individuo. Él espontáneamente se comprometió a alimentar a sus hijos.-

-No tiene dinero. Si lo mete preso le será entonces imposible cumplir.-

Cristobal permanece de pies y en silencio mientras los letrados argumentan. Lleva horas así, apenas se ha alimentado. Desde que se quedó sin trabajo, apenas come. No se atreve a pedir. Aún así hay samaritanos que le dan algo, algunas monedas, algunas migajas. Sigiloso se sienta en una butaca próxima al alguacil. Éste lo mira con sospechas, se le acerca, se para a su lado en silencio pero vigilante. Cristobal lo ve pero no reacciona, sin embargo le llama la atención el arma de fuego que lleva dentro de una baqueta a la altura de su cintura. Nota que el seguro que debería aprisionarla no luce en su sitio.

Escucha al juez decirle a su abogado que la única alternativa es meterlo preso. Escucha a Delgado argumentar que es un criminal, que hay que meterlo preso, negarle toda oportunidad para evitar que se de a la fuga. Oye a su mujer coincidir con los demás, que debería estar preso. Escucha a Luis cuándo comienza a hablar solo para que de inmediato lo interrumpan y se sigan refiriendo a él como una persona de poca monta.

Baja la cabeza, trata de no escuchar, pero los gritos le hacen claro el mensaje. Se lleva su mano derecha sobre su frente, parece implorar, parece resignarse a su suerte, desea con todas las fuerzas de su alma que todo termine pronto. No quiere estar allí, prefiere estar preso, allí le dan de comer, tiene donde dormir, no se moja cuándo llueve, tiene donde hacer sus necesidades en privado. Existe un intenso dolor en su alma, busca una salida pero cree que todas están cerradas y que va a tener seguir soportando injurias hasta que Dios quiera. En su jamaqueo vuelve a ver el arma del alguacil, vuelve a notar que el seguro no está en su sitio, vuelve a escuchar la voz amenazante del juez, las injurias de Delgado, las quejas de su esposa. Cierra los ojos, baja la cabeza, se cubre el rostro y su mente se funde en confusión. Vuelve a escuchar a Luis, nota que de inmediato lo callan para que rápidamente vuelvan a referirse a él con desprecio. No quiere seguir escuchando lo que está oyendo, quiere irse de allí lo más rápido posible pero todo parece indicar que jamás lo logrará y que seguirán torturándolo para siempre.

-¡Dios mío, ayúdame!- llora con todo su dolor. -¡Dios mío, ayúdame!-

Vuelve a buscar una salida, vuelve a ver el arma del alguacil, la condición del seguro. Comprime los ojos, implora en silencio, quiere que todo acabe pronto, quiere decirle a Luis que quiere ir a la cárcel, que ahí le dan de comer, que no se moja cuándo llueve, que puede dormir aunque sea en una cama incómoda, que puede ir al baño, que nada le hace sentido, que la suerte está echada, que no sabe para qué argumenta, si es que argumenta porque en realidad no lo dejan hablar. Sigue escuchando los improperios de Delgado, los de su ex-mujer, las amenazas del juez. Se jamaquea, mantiene los ojos comprimidos, pero poco después los abre, mira hacia el cielo, todo lo que ve es un techo a gran altura, vuelve a buscar una salida, lo único que ve es un arma de fuego y en su desesperación, sin saber lo que está haciendo, la sustrae antes de que el alguacil lo note, la lleva hacia al frente, la apunta en dirección del juez y dispara.

Luis escuchó la detonación pero concentrado por completo en tratar de argumentar todo lo que ve es que al juez cuándo se desploma. Su mente se va en blanco cuándo trata de explicarse lo que está viendo y escucha una segunda detonación, a su lado se desploma Delgado. Un sexto sentido le advierte lo que está pasando, alguien está disparando y no puede ser desde muy lejos. Ausculta su derredor, ve a Cristobal con un arma de fuego en sus manos apuntando en su dirección. Instintivamente da un paso hacia atrás y se paraliza. Gritos de terror provenientes de una mujer le advierten que no todo ha terminado.

-¡No dispares! ¡No dispares!- en pánico grita Ana. -¡No tienes que darle dinero a los nenes! ¡Yo lo hago! ¡Yo te doy lo que necesites! ¡No tienes que ir a la cárcel!-

¡BAM!

Una tercera detonación la calla permanentemente. Luis continúa paralizado, imposibilitado para comprender lo que está sucediendo, imposibilitado para pensar en algo que detenga una tragedia que se desarrolla frente a sus propios ojos, imposibilitado para alterar un destino que se desarrolla más rápido de lo que lo puede comprender y todo lo que puede hacer es mirar horrorizado a lo que su cliente se dispone a hacer. Lo ve llevarse el arma bajo la boca, lo ve cuándo la presiona por debajo de la mandíbula y es entonces que puede reaccionar.

-!CRISTOBAL NO! !CRISTOBAL NO!-

¡BAM!

La cuarta detonación vuelve a paralizarlo, frente a sus ojos su cliente se desploma. Su mente vuelve a irse en blanco, no puede creer lo que ha visto, no puede pensar, no puede moverse, no puede respirar. Permanece paralizado, incapacitado para comprender lo que ha sucedido. Y así permanecerá por lo que parecerá una eternidad.

++++++++++++++++++++++

Luis abre los ojos a la mañana siguiente, mira hacia arriba pero su mente aún no ha despertado. Hace el esfuerzo, quiere pensar pero una fuerza mayor se lo impide. Está así por largo rato y es solo por instinto que se pone de pies, va al baño, después a la cocina, se detiene frente a la alacena pero todavía su mente se niega a funcionar. Está así por largo rato hasta que nuevamente por instinto, abre la alacena, sustrae un pote de café, va a la nevera, sustrae un litro de leche, va al gabinete de cocina, sustrae una taza, la llena de leche, la pone dentro del microondas, lo marca para tres minutos, va hasta una silla del comedor, se sienta y una vez más hace el esfuerzo por pensar.

Está así por dos minutos hasta que por fin algo llega a su mente, se supone que vaya a trabajar pero simplemente le faltan las fuerzas. Concluye que lo mejor es avisarle a Clara que suspenda todas las posibles citas que pueda tener. Son posibles citas porque nada recuerda, absolutamente nada. Le informará también que de hacer falta, que le telefonee.

Oye la campanilla del microondas y reconoce que la leche calentó y termina por prepararse el café. Regresa a la mesa, vuelve a sentarse, toma un sorbo, estudia su medioambiente y reconoce que lo que le rodea no es su casa, no es su hogar. Está residiendo en un nuevo lugar, un apartamento dentro de un pequeño edificio no muy lejos de su antigua residencia y de su oficina. Se pregunta cómo llegó allí. Recuerda que le pertenece a su hermano, quien lo puso a la venta hace más de un año. Se fue a residir a los Estados Unidos en la búsqueda de mejores oportunidades de empleo. Delegó en él el proceso de venta pero nadie en todo ese tiempo se ha mostrado interesado.

Luis a su vez delegó la venta a un corredor de bienes raíces. No lo ha llamado desde entonces. Pide por primera vez que al corredor se le haya olvidado que tiene a su cargo la venta del apartamento, reconoce que las condiciones económicas del país no ayudan pero es lo mejor que le ha ocurrido pues tiene donde vivir, donde dormir, donde prepararse el café.

Una vez más su mente deja de funcionar. Está así hasta que vuelve a preguntarse qué va a hacer el resto del día. Sabe que no va a trabajar, acaba de pasar por una experiencia tan traumática y no sabe tan siquiera si quiere seguir viviendo. Pero de repente recuerda que aún tiene una casa, que puede ir a ver a su familia. Residen cerca, puede ir a pies, sabe que Annie no lo quiere ver pero allí está su hijo y no cree que se oponga a que esté por lo menos un rato con él. Sería su excusa para regresar a su lado.

Le preguntará por sus cosas, le dirá que si algo le hace falta que no dude en pedírselo. La verá de cerca, hablará con ella, supone que presentará una actitud hostil que él comoquiera debe ignorar. Supone que no le va a garatear por mucho tiempo, que lo más probable es que le ordene a que vaya donde su hijo ya que eso fue lo que le dijo que vino a hacer. Un poco más entusiasmado se pone de pies y camina hacia la salida, se pregunta si es mejor ir en automóvil o caminar. Concluye que caminando agotará energías y despejará en algo su mente. Con cierto entusiasmo abandona el apartamento pero llegando a su destino ve algo colocado al frente de la casa que no había visto antes. Al acercarse descubre un rótulo donde está escrita la frase 'se vende'. Mira hacia la residencia y ve puertas y ventanas herméticamente cerradas. Camina hasta la entrada, golpea la puerta tres veces con el puño de su mano derecha y espera por cerca de un minuto. Como nadie responde lo hace otra vez. Lo hace dos veces más y al concluir que nadie vendrá, sustrae un llavero, coloca una dentro de la manecilla, abre y entra. Se imagina que nadie le va a responder pero comoquiera llama.

-¡Annie! ¡Annie!-

Nadie responde. Un presentimiento lo obliga a fundirse de valor. Camina hacia uno de los dormitorios, abre la puerta, inspecciona el interior y nota que todo está recogido. Va hasta el segundo dormitorio, lo inspecciona y obtiene el mismo resultado. Camina hasta el gavetero, lo abre y lo descubre vacío. Todas sus gavetas están vacías. Camina hasta un guardarropas, desliza una puerta de espejos y ve que nada cuelga del perchero. Baja la cabeza, parece meditar, regresa al exterior y se topa con un vecino que conoce desde hace tiempo y quien luce preocupado.

-¿Qué haces aquí?- le pregunta.

-Esta sigue siendo mi residencia,- Luis le explica.

-Lo sé,- admite su interlocutor. -¿Pero no se supone que estés de camino hacia Tampa?-

-¿Qué te hace pensar eso?-

-Annie me dijo que ustedes se mudaban para Tampa.-

Luis calla pero un gesto en su rostro delata su decepción. El vecino deduce que algo malo está pasando y comienza a ofrecer explicaciones que no se le han pedido.

-Vi cuándo Annie abandonaba la casa con maletas y con Luisito. Le pregunté que para donde iba. Me dijo que se mudaban hacia Tampa, en plural dando la impresión de que te incluía.-

Luis no responde.

-Me dijo que se iban porque les esperaba un nuevo trabajo,- el vecino añade.

Luis sigue callado.

-¿Por qué no te fuiste con ella?- el vecino pregunta al notar que no reacciona.

-Me pidió el divorcio,- le explica Luis.

-¿Cómo que te pidió el divorcio?-

-No quiere seguir casada conmigo.-

-Pero si ella me dijo que se iba con su compañero.-

-No estaba hablando de mi.-

El vecino baja la cabeza y luce decepcionado. Mira a Luis como si para asegurarse que lo tiene de frente y tarda en reaccionar.

-Yo pensé que ustedes estaban bien enamorados,- parece pedir una explicación.

-Yo sigo bien enamorado.-

-¿De Annie?-

-Por supuesto.-

El vecino calla, lo mira y se pregunta si es prudente ofrecerle el pésame. Solo que lo único que ha muerto es el amor que ella sentía por él y que para esa condición no se acostumbra a dar pésames.

+++++++++++++++++++++++

Clara lo ve llegar y no sabe qué pensar. Se enteró por medio de la prensa por lo que pasó el día anterior, que en su presencia, su cliente, un prominente neurocirujano hizo lo inconcebible, algo para lo cual no se tiene explicación. Recibió el mensaje de texto que su jefe le envió hace una hora y supuso que no vendría a trabajar, por lo menos no ese día. Pero ahora lo tiene de frente y no es saludable su aspecto.

Se queda callada, ni tan siquiera lo saluda pues no cree que sea lo apropiado. Simplemente espera que sea él el que tome la iniciativa. Él tampoco saludó, simplemente caminó hacia su oficina, se sentó y se sumió en sus pesares. Una vez más Clara se pregunta si es prudente dirigirle la palabra. La mujer que ama con todas las fuerzas de su corazón le pidió el divorcio. El día anterior, un cliente de gran estima masacra tres personas en medio de la sala de un tribunal y se suicida, todo en su presencia. Se pregunta si él se siente bien pero de inmediato concluye que eso no es posible. Baja la cabeza, trata de no pensar pero comoquiera concluye que tal vez lo mejor sea preguntarle. Se pone de pies, camina hacia su oficina, se detiene frente a él en espera que note su presencia, él lo hace con un leve gesto indicativo de su estado de ánimo y ella por fin pregunta.

-¿Se siente bien?-

Luis tarda en reaccionar y cuándo lo hace es solo muy pesadamente.

-¿Qué tú crees?-

Clara concluye que cometió un error y con desespero trata de enmendarlo.

-Lo siento,- entonces le dice. -Si hay algo que pueda hacer por usted todo lo que tiene que hacer es pedírmelo.-

-De nada valdría,- Luis reacciona en el acto. -Dios mismo nada puede hacer por mi. De hecho, creo que se ha vuelto mi enemigo y que verdaderamente quiere hacerme daño. Él tiene que saber que el infierno no es peor castigo que por lo que estoy pasando y tal vez ha optado por destruir mi alma, cosa que no tardará en lograrlo.-

Clara lo mira con una intensidad que ella misma no sabría explicar. Un sexto sentido le advierte de que en contra de todas las probabilidades, su jefe confronta una nueva dificultad, que con la pérdida de su esposa y la masacre de la cual fue testigo no es suficiente castigo para su perdición. Opta por quedarse a su lado, callada, en espera a que sea él quien voluntarice sus sentimientos. Pasa un rato antes de que su jefe le ofrezca otra mala noticia.

-Todo parece indicar que he perdido a Luisito,- rompe su silencio.

Clara lo mira y permanece en silencio pensando que voluntariamente confesará sus pesares.

-Fui a casa queriendo verlos una vez más. Sería una excusa para ver a Annie. Yo sé que ella no quiere verme, que quiere que desaparezca de su vida, que por más que le diga que la amo es evidente que no quiere saber de mi. Inclusive creo que encontró con quien sustituirme. No puedo vivir sin ella. No quiero vivir sin ella. Ella es lo más importante en mi vida y Luisito era el contacto que necesitaba para mantenerme en comunicación con ella. Tal vez no quiera hablar conmigo pero comoquiera me vería. Yo jamás la presionaría, jamás le pediría que me perdone, que me de otra oportunidad. Está bien sentida y todo parece indicar de que no hay marcha atrás.

-Pero Luisito era la excusa que me permitiría verla. La saludaría con una sonrisa todas las veces que se cruzara en mi camino, le daría los buenos días, la felicitaría el día de su cumpleaños, las navidades y hasta el día de Santa Ana. Esta mañana fui con eso en mente pero al llegar me topé con un rótulo de 'Se Vende.' Al mirar hacia la casa veo ventanas y puertas herméticamente cerradas. Toqué varias veces a la puerta y como nadie respondió entré. No me sorprendí al notar que nadie había. Fui al dormitorio de Luisito y al inspeccionarlo nada había. Fui al nuestro y el guardarropa y gavetero también estaban vacíos. Me topo con un vecino quien me pregunta qué hago ahí, que Annie le dijo que iba para Tampa con su compañero.

-Yo amo esa mujer, la amo tanto que todo lo que quiero es que sea feliz. Aunque sea sin mi.-

Clara se lleva una mano a la boca, sus ojos se comprimen, lágrimas brotan sin poder contenerlas, hace todo lo posible por no llorar pero comoquiera irrumpe en un llanto descontrolado. Inmerso en sus pensamientos Luis tarda en notarlo. Cuándo por fin lo hace parece preguntarse qué le pasa pero nada viene a su mente. Como a ninguna conclusión puede llegar, estima que lo mejor es consolarla. Se le acerca, la abraza, le da las gracias por sus sentimientos, le dice que no se preocupe, que tarde o temprano él sobrellevará la situación pero ella sigue sumida en sus penas ya que es más que evidente de que independientemente de lo que haya ocurrido, su jefe jamás le ofrecerá su cariño.

+++++++++++++++++++++++

A la mañana siguiente, Luis abre los ojos, mira hacia arriba pero una vez más su mente no ha despertado. Le toma tiempo pero se levanta, va al baño, después a la cocina, parece preguntarse si debe tomar café. Al concluir que es lo apropiado, sustrae un litro de leche de la nevera, una taza del gabinete, vierte un poco y la lleva al microondas. Cuándo calienta, vierte el café, el azúcar, camina hasta la mesa, se sienta y comienza a beberlo. Es entonces que por primera vez un pensamiento inteligible pasa por su mente.

-¿Qué voy a hacer?- se pregunta.

No va a ir a la oficina, no quiere ir a la oficina. Se esfuerza por encontrar una alternativa, decirle a Clara que lo excuse, que está de vacaciones, que tuvo que salir para el funeral de un pariente querido. Trata de no pensar pero Annie está en su mente. Luisito ocupa un segundo lugar, un muy distante segundo lugar. Vuelve a analizar por lo que ha pasado, que su esposa lo ha abandonado y que muy probablemente no fue por llevar sus problemas profesionales a su casa.

Su abogado estaba en su residencia, él fue quien argumentó, conocía a fondo las quejas de su mujer, estaba preparado para argumentarlas. Su vecino le dijo que se mudó para Tampa con su compañero y se pregunta desde cuándo esa situación existe, cómo se desarrolló, qué fue lo que la motivó. Al llegar a ese punto, deja de pensar, no quiere saber la respuesta, siente fuerzas en su interior que amenazan su tranquilidad, una tranquilidad que de todas maneras no existe. Termina el café, se viste con camisilla, mahones, zapatillas de gamuza y camina hacia la salida. Se detiene al llegar al exterior, estudia sus opciones y parece que considera qué ruta ha de seguir. Por instinto comienza a caminar hacia la derecha.

Ve gente caminando por las aceras, automóviles por las calles pero nada en realidad le llama la atención. Con su mente en blanco comienza a caminar sin rumbo fijo. Si algo llega a su mente es Annie. Cuándo lo hace, se detiene, comprime los ojos, lucha por contener las lágrimas, se pregunta si volverá a ver a su hijo y si su destino es el de Sergio, quien aparentemente perdió para siempre su hija.

Días atrás se celebró la última vista de su caso, Mikaelle cumplía veintiún años y el caso de custodia por ende llega a su fin. Un nuevo juez asumió jurisdicción. Citó de emergencia a la madre, vista que se llevó por medio de teleconferencia ya que reside en un nuevo estado. Se le preguntó por la hija, dijo que no estaba en casa, que está trabajando. Se le preguntó si la joven deseaba venir a ver a su padre. Doña Frances dijo que ella no quiere saber de él, que se cansó de sus abusos.

En su turno, Luis le preguntó qué ha hecho para alentar las relaciones paterno filiares. No respondió a la pregunta y desvió el tema hacia el maltrato del padre hacia su hija. Luis le recuerda que quien fue encontrada culpable de haber abusado de Mikaelle lo fue ella. Doña Frances lo niega, alega que eso es falso, que la trabajadora que hizo esa alegación fue destituida por mentirosa. Le recuerda que sus abogados nunca controvirtieron la acusación, ella dice que si, le pregunta que cuándo, ella dice que no recuerda.

Luis le dice que los jueces que le devolvieron la custodia tampoco controvirtieron la acusación. Doña Frances alega que sus abogados le dijeron que si lo hicieron. Le recuerda que el juez Ortiz la declaró culpable de no haber alentado las relaciones entre padre e hija, ella le recuerda que apeló la sentencia, Luis le recuerda que el Tribunal de Apelaciones sostuvo la sentencia. La madre le dice que tiene que discutir ese asunto con sus abogados. Luis le dice que está legalmente obligada a testificar sobre ese punto.

En ese momento Mikaelle es vista en pantalla. La madre había dicho que no estaba en casa. El juez interviene y le pregunta que si esa no es su hija. La madre mira en su derredor, la ve, palidece pero se queda callada. El juez le pide a la joven que se acerque, le pregunta si quiere volver a ver a su padre, ella le dice que no quiere regresar a la isla, que no quiere saber de nadie por allá. El juez calla, parece meditar y segundos más tarde anuncia que nada se puede hacer. Luis le dice que puede multar a la madre.

-¿Por qué?- pregunta el letrado.

-Por no alentar las relaciones paterno filiares.-

-Ya fue multada por eso,- dice el juez.

-Pero continúa desalentando las relaciones.-

-¿En qué basa usted esa opinión?-

-Mikaelle acaba de decirle que no quiere relacionarse con su padre. La madre salió culpable de haber saboteado las relaciones entre padre e hija, acaba de mentirle en la cara cuándo le dijo que ella no se encontraba en la casa, mintió cuándo alegó que no fue encontrada culpable de haber abusado de su hija. No envió a su hija para que estuviera con su padre para ninguna de las vacaciones de verano, no la envió para las navidades ni para los recesos primaverales, nunca informó sobre el estado de salud ni sobre su record académico. Todo eso estaba estipulado.-

El juez parece analizar lo que se le ha dicho. Transcurrido varios segundos anuncia que más tarde les hará saber su decisión.

-No hay más tarde,- Luis reacciona molesto. -La joven cumple la mayoría de edad en cuestión de horas. El caso hoy llega a su fin.-

Nuevamente el juez calla y vuelve a analizar lo que se le ha dicho, nuevamente se va por la tangente.

-No estoy en condiciones para llegar a una resolución. Cuándo lo esté, se los haré saber.-

Luis lo miró dando a a entender su desaprobación.

-Si no la va a multar, si no la va a castigar por todas las faltas en que ha incurrido, sus seis desacatos por comparecencia, las dos veces que violó el acta para la prevención del secuestro parental cuándo recurrió a tribunales sin jurisdicción, por las acusaciones falsas que sometió contra el padre cuándo fue a ver a su hija a Hawaii, por haber desacatado la orden del juez de ese estado que le ordenó a no utilizar las acusaciones contra mi cliente, por haber perjurado cuándo lo hizo, por todas sus violaciones a las estipulaciones del once de junio del veinte once, por favor, se lo suplico, si nada va a hacer, todo lo que le pido es que tampoco la felicite por haber logrado el secuestro de su hija con la ayuda del sistema judicial y por haber evitado que se le castigara por todas sus faltas.-

Tan pronto dio señales de haber terminado, de inmediato el Licenciado Oliver interviene y reclama que su cliente jamás fue encontrada en faltas, que acudió todas las veces que fue citada, que jamás desacató orden alguna y que el único en violar repetidamente todas las órdenes del tribunal lo fue su cliente. Luis le contaría a Clara más tarde las reclamaciones del abogado, ella reaccionaría escandalizada preguntando cómo era posible que se atreviera a mentir de esa manera. Su jefe le diría que a ellos también se les prohibe mentir pero que rara vez se les penaliza, que de hecho se espera que mientan, que los abogados de Hitler argumentarían que el dictador jamás incurrió en falta alguna.

Luis después le preguntaría si se acordaba de que una ocasión se preguntó quien pudo haber sido la persona que se ideó el secuestro. Le recordó que teorizó que pudo haber sido el Juez Ortiz, que la madre es la beneficiada por el resultado obtenido, que se podría argumentar que como ella es la que se benefició, que lo más probable es que pagó por los procedimientos y se podría asumir que fue el cerebro tras las barbaridades cometidas.

-Pero no creo que tenga la capacidad analítica ni mental para llevar a cabo actos como esos. Tuvo que haber sido uno de los abogados, Oliver o Torino. Pero fue Oliver quien argumentó en la primera vista presidida por Ortiz que Mikaelle estaba obligada a regresar con la madre quisiera o no, que pidió sanciones contra Sergio cuándo se vio obligado a hacer nuevos arreglos para continuar con su viaje a Hawaii cuándo la madre canceló todos sus esfuerzos y que ahora tiene la osadía de decir en sala que su cliente jamás incurrió en faltas. No tengo evidencias sustanciales contra él, pero su actitud claramente demuestra un perfil criminal. Estoy obligado a pensar que fue a él quien se le ocurrió planear y llevar a cabo el secuestro.-

Luis regresa a la realidad pero ya nada recuerda. Continúa caminando, a veces piensa en Luisito, se pregunta si volverá a verlo, se pregunta si Sergio volverá a ver a su hija. Recuerda que cuándo la joven le dijo al juez que no quería volver a ver a su padre, nunca miró hacia la cámara y que quien se observaba en pantalla aparentaba tener más de treinta años de edad cuándo ese día cumplía veintiuno.

Camina por horas, llega a una intersección, se pregunta si debería tener hambre, lleva horas caminando, su único alimento ha sido una taza café. Mira en su derredor y ve directamente a su lado un restaurante. Su mente se le va en blanco y como que no puede decidir. Mira entonces en todas direcciones y ve que al cruzar la calle hacia adelante se toparía con una sucursal bancaria. Mira en dirección diagonalmente opuesta y que de cruzarla nuevamente se toparía con un pequeño edificio de oficinas. Parece analizar lo que está viendo cuándo en realidad su mente sigue en blanco. Mira hacia el otro lado de la calle, ve otra pequeña estructura que alberga las oficinas del Programa Para Asistencia Nutricional.

Sigue varado por lo que parecen horas y cuándo recupera su capacidad para decidir, instintivamente gira hacia la izquierda y entra al restaurante. No se percata de que una niña de unos cinco años de edad, vestida con un trajecito color rosa va tras sus pasos.

++++++++++++++++++++++

Esa misma mañana, Yaniz despierta tratando de no pensar lo que le pueda pasar. El dueño del apartamento donde se hospeda la llamó y le dijo que quería hablar con ella. Ella sabe de lo que que le quiere hablar, no le ha pagado el alquiler desde hace tres meses y no tiene dinero ni para la fracción de un solo pago. Solo le quedan veinte dólares de los que Andrés le dio y no quiere recordar cómo lo obtuvo. Se prepara mentalmente para confrontarlo, le dirá que no puede pagarle, que se quedó sin trabajo, que está buscando y que cuándo lo consiga repondrá todo lo que le debe, que necesita quedarse en el apartamento ya que no tiene donde ir. Su madre está en un hospicio, su padre murió, su hermano también. Tiene una hermana en Europa pero no tiene comunicación con ella desde hace años. Tiene primos, tíos y otros parientes pero tampoco sabe algo sobre ellos y toda comunicación también se ha perdido. La mayoría de sus amistades son pobres, no pueden albergarla. Sin querer suplica pero no sabe a quien. Dios pasa por su mente pero no se atreve a dirigirle la palabra, lleva una vida pecaminosa que por años ha violado el mandamiento que le prohibe fornicar, que ahora que por fin no lo hace es porque las circunstancias la obligan.

Le prepara avena a su hija, toda la que le queda. Será lo único que tendrá para desayunar. El dinero que le queda lo gastará en ella. No quiere pensar qué pasará después, no quiere pensar en donde pasarán la noche si es que el propietario no se apiada de ellas. Una vez mas quiere implorar, una vez más no sabe a quién. Don Arnaldo llegó unas horas más tarde. Tal como se esperaba, vino por su dinero, ella le dijo que perdió el trabajo, que no tiene pero que cuándo lo consiga repondrá todo lo que le debe. Le dijo que no tiene donde ir, que si no le permite quedarse se convertirá en deambulante, ella y su hija. Pero el propietario le dijo que esos no eran sus problemas, que el suyo es que necesita el dinero, que está atrasado en sus obligaciones, que necesita alquilar el local lo antes posible, pero que con ella allí le será imposible.

Yaniz le pidió que le permitiera quedarse hasta que encontrara un nuevo inquilino, que le prometía que lo abandonaría tan pronto eso pasara. Don Arnaldo le dijo que no podía arriesgarse, que sabía que no se iría. Ella le aseguró que si, él le dijo que con su fama no se iba a arriesgar.

Yaniz abandonó el apartamento unas horas más tarde tratando de no pensar en lo último que don Arnaldo le dijo. Puso dentro un pequeño maletín lo que le cupo, casi todo para Helenia. No podía llevarse la mayoría de sus pertenencias, cargar con todo le provocaría cansancio, hambre y que no tendría con qué alimentarse. Se preguntó si se vería obligada a dar su hija en adopción, se preguntó cómo se lleva a cabo ese proceso, se preguntó si se vería obligada a prostituirse. La respuesta a esa pregunta fue un llanto descontrolado. La hija le preguntó qué le pasaba, ella le dijo que tenía un fuerte dolor de cabeza. Le niña le preguntó si iban al médico, la madre le dijo que si.

Estuvieron horas caminando, no podía recurrir a la transportación pública y a ratos se detenían para descansar. Helenia le preguntó por su automóvil, ella le dijo que se dañó y que estaba en el mecánico. Llegaron a las oficinas del Programa

Para Asistencia Nutricional y por fin pudieron descansar, refrescadas por un acondicionador de aire, tomaron agua de la fuente, no estaba muy fría pero era lo único que había. Estuvo horas esperando. Pretendía pedir una revisión de su caso, les diría que está deambulando, que perdió su alojamiento, que fue a la oficina del desempleo y le dijeron no cualifica debido a sus ingresos. Se preguntó que cómo era posible que llegaran a esa conclusión, recordó que le dijeron que algunos compañeros de cama la describieron como una prostituta. Trató de no pensar quién dijo eso de ella, quién la delató con esa acusación a la oficina del desempleo.

Tiene que ser alguien con capacidad de convicción, alguien a quien no ponen en duda su palabra. No quiso pensar que fue Ernesto, no quiso pensar que fue Andrés, pero carecía de otras alternativas. Pensando en sus problemas es llamada, le dice a Helenia que la espere, que pronto regresará. Camina hacia donde se le indicó y se topa con la misma oficial que la atendió la última vez. Cierra los ojos, trata de no pensar pero tiene que decirle por lo que está pasando, que necesita ayuda, que todo lo que le queda son veinte dólares, que para mañana, ella y su hija comenzarán a pasar hambre, que esta noche la pasarán en la calle, que fue desalojada de su residencia por falta de pago y no tiene donde ir.

-He optado por venir aquí porque estoy desesperada,- le dice a la oficial. -Necesitamos comer. Mi hija todo lo que ha ingerido es un poco de avena, lo último que quedaba en un apartamento donde no podemos regresar ya que el dueño me dijo que me tenía que ir ya que no le pago el alquiler desde hace tres meses.-

Calla y espera, la oficial la mira, no parece que quiera responder, luce molesta y que probablemente es con ella. Sumisa, espera por una respuesta, quiere implorar pero no se atreve.

-Si le dijeron en el desempleo que usted no cualifica debido a sus ingresos, no tengo que decirle que los criterios de este programa son los mismos. Solo ayudamos a los que les hace falta.-

-Nos hace falta, a mi hija y a mi. Apenas me queda dinero, no tenemos donde vivir, no sé donde voy a pasar la noche. No tengo familia. Necesito ayuda y solo la tengo a usted.-

-¿Qué hizo con todo su dinero?-

-No tengo dinero, no tengo trabajo.-

-¿Y el dinero de su oficio?-

-No tengo oficio. Nunca lo he tenido.-

-No es lo lo que dicen nuestros registros,- le dice mirándola con desprecio.

-¿Qué dicen sus registro,- Yaniz pregunta cabizbaja.

-Tenemos varios testigos que nos dicen que le han dado cientos de dólares por sus servicios.

-¿Qué testigos?-

-Esa es una información confidencial.-

-Si es confidencial, ¿cómo me puedo defender?-

-Tenemos plena confianzas en nuestros testigos. Son personas de caracteres intachables.

Yaniz cierra los ojos, baja la cabeza, no sabe qué decir.

-Le tengo que pedir que abandone mi despacho,- la oficial le dice.

Pero Yaniz no parece haberla escuchado. Sigue sumisa, no puede subir la cabeza, no puede expresarse, ni tampoco parece capacitada para seguir instrucciones.

-No me obligue a llamar a la policía,- la oficial la amenaza.

Comoquiera Yaniz tarda en reaccionar. La oficial luce cada vez más molesta pero por fin se pone de pies. Pesadamente da la vuelta, lentamente se retira. Llega a la sala de espera y mira en su derredor en la búsqueda de de su hija.

-Helenia,- llama con voz apagada cuándo no la ve.

Comienza a caminar en círculos, sus gestos se agudizan, su desesperación también, mira en todas las direcciones pero lo único que le llamó la atención fue una figura masculina que pareció girar bruscamente la mirada en la dirección contraria cuándo inesperadamente se topó con la suya.

Se le pareció a Ernesto pero todo su interés está puesto en su hija.

-Helenia, Helenia,- llama subiendo el tono de su voz.

-¿Una niña de como cinco años y vestido color rosa?- una extraña pregunta.

La respuesta de Yaniz es una mirada alarmada.

-Salió al exterior hace unos minutos,- le mujer responde al interpretar el gesto.

Sin esperar por más explicaciones, Yariz sale a toda prisa, llega hasta la esquina donde las calles se cruzan, mira en todas direcciones, pero no la ve.

-¡HELENIA! ¡HELENIA! ¡HELENIA!- grita histérica, -¡Dios mío! ¡Mi hija!-

No muy lejos un policía es alertado por sus gritos y se le acerca.

-¿Qué le pasa?- le pregunta cuándo la tiene de frente.

-¡Mi hija! ¡Mi hija! ¡No la veo!-

El policía comienza a auscultar en su derredor pero nada que se parezca a lo que se le ha informado es visible. Se dispone a enviar un comunicado por medio de un transmisor portátil cuándo inadvertidamente se acerca una mujer de mayor edad quien se percata del estado de ánimo de la mujer y parece preguntar con la mirada. Yaniz interpreta su gesto y grita desesperada.

-¡No sé dónde está mi hija!-

-¿Una niñita como de cinco años vestida de color rosa?- -¡Si!- exclama Yaniz.

-La vi entrar a ese restaurante.- dice la señora girando la mirada hacia atrás y apuntando con el índice de su mano derecha.

Sin esperar por más explicaciones, Yaniz se lanza a la calle sin percatarse del automóvil que se acerca a gran velocidad. El conductor hunde el pedal del freno en pánico, hala el guía hacia la derecha, el automóvil se barre hacia la izquierda y con esa goma trasera impacta el filo de la acera provocando que se desprenda.

Yaniz ni se entera, todo su empeño está en su hija, sigue corriendo, alocada sube las escaleras, desesperada empuja la puerta de entrada con todas sus fuerzas, llega a la recepción pero no la ve, corre hasta el primer pasillo pero tampoco la ve. Corre al segundo y después al tercero. Allí la divisa hablando con un extraño. Se detiene, exhala, cierra los ojos, le da gracias a Dios. Instintivamente se imagina lo que su hija pretende. Conversa con un extraño que luce sonreído, toda su atención puesta en lo que la niña le dice.

Luis entró por instinto, no por hambre. Pagó por adelantado lo que se habría de servir ya que es un restaurante de ese tipo de servicio. Fue a la mesa para esperar que la mesera el trajera platos y cubiertos. Con su mente en confusión, toma asiento y tarda en descubrir una niña que parece mirarlo. Nota que luce interesada en él, que parece que quiere preguntarle algo o que tal vez lo está confundiendo con otra persona. Ella lo mira fijamente, parece titubear a la vez de tener todo su interés en su persona. Tarda en expresarse, en comunicarle lo que la perturba.

-Estoy buscando un papá,- la niña le dice. -Todas mis amiguitas tienen uno pero el mío anda perdido.-

Luis la mira, no sabe de lo que le está hablando. Interpreta que perdió a su padre, que lo está buscando. ¿Pero por qué le pregunta? Nada viene a su mente.

-Yo soy una niña demasiado linda como para no tener un padre,- Helenia añade.

Luis tan solo puede sonreír, hubiese reído pero todavía hay un cierto dolor en su alma que se lo impide, la mira y trata de comprenderla, se pregunta por qué se le acercó pero ella no lo deja pensar.

-Mis amiguitas me molestan, no quieren jugar conmigo, no me hablan, no me quieren. Dicen que no tengo un padre, que no soy como ellas. Me dicen que mi madre tampoco lo conoce, que lo vio una sola vez y quedó en cinta. No sé lo qué es eso, no sé por qué me lo dicen. Soy una niña buena, voy todos los días a la escuela, ayudo a mami, hago lo que me dice, nunca le grito, nunca le levanto la mano, no la molesto, la quiero mucho.-

Luis deja de sonreír cuándo concluye que la niña se está quejando de algo que él no entiende. Agudiza su atención pues es posible que esté pidiendo ayuda. En medio de sus esfuerzos se percata de la presencia de una joven mujer que llega a su lado. Intuitivamente asume que es la madre.

-Me está confundiendo con alguien,- intuitivamente también le dirige la palabra.

-Con su padre,- más tranquila Yaniz puede responder.

Luis mira a Helenia y trata de interpretar lo que se le dijo desde otro punto de vista pero sigue igualmente confundido. Se siente atraído por la niña, no es solamente hermosa hay mucha inocencia en su semblante, se expresa con honda pena en el alma.

-¿Qué le pasó al padre?- Luis le pregunta a la madre.

Yaniz le iba a decir que había desaparecido pero Helenia se le adelantó.

-Cogió el monte.-

Luis vuelve mirarla pero no sabe si reír o sentirse triste.

-Mi papá era bien fuerte. Los montes son bien grande. -

Luis sonríe sin estar seguro de haber entendido. Yaniz luce confundida, su hija está pasando por un buen momento, ha encontrado en un extraño la figura paternal que tanto añora. Lo que les espera es sumirse en la miseria, un mundo temeroso yace tras las puertas del restaurante. Por su mente pasa la posibilidad de extender el momento lo más posible pero también concluye que no necesariamente el extraño permanecerá atento por mucho tiempo.

-Vámonos,- le dice a su hija. -Tenemos que irnos,-

-¿Cuál es su mesa?- Luis se apresura a preguntar

-No tenemos mesa. Vine a buscarla cuándo la eché de menos,- es la explicación que la madre ofrece.

-¿Cenaron?- Luis persiste.

-No, claro que no,- Yaniz no se da cuenta de cómo se expresa.

-Por favor, acompáñenme,- Luis suplica. -Usted no tiene idea por lo que estoy pasando, usted no comprendería la felicidad que su hija me está brindando. Mi mundo se estaba haciendo pedazos. Su hija me ha rescatado. Por favor, no se vaya.-

-No tenemos dinero,- presenta la primera excusa que viene a su mente sin captar las implicaciones.

Se le está ofreciendo la oportunidad para aprovechar alimentos y pretende dejarlo pasar cuándo debería estar consciente de que en poco tiempo ni ella ni su hija podrán alimentarse. Antiguas enseñanzas le indican que no es propio aceptar ofertas de extraños.

-No necesitan dinero,- con desespero Luis responde. -Por favor, acompáñeme. Se lo suplico. Estoy pasando por el peor momento de mi vida y su niña me ha dado una razón para vivir. Por favor, yo ni tan siquiera quería saber si quería seguir viviendo.-

Yaniz lo mira confundida. Se le está ofreciendo una oportunidad que amortiguará en algo la desesperación por la que está pasando. Debería de aceptar de inmediato pero tomada por sorpresa parece pensarlo. Se le está ofreciendo una cena, casi no tiene dinero, lo que se le está ofreciendo implica que hoy puede comer, mañana Dios dirá.

-Está bien,- Yaniz acepta cuándo reconoce que no le queda más remedio.

Luis se pone de pies, se dirige a una mesera y le pide:

-Por favor, acabo de encontrarme con una vieja amiga que no veía desde hace años. Aquí tiene cien dólares para que le haga una orden para ella y para su hija. No sabe cuanto se lo voy a agradecer. Puede quedarse con el cambio.-

La joven mira el billete de cien dólares que se le ha ofrecido. Va en contra de los reglamentos que haga pedido por los clientes. Solo que ese pedido implica una propina de más de setenta dólares. Desde que empezó la pandemia, rara vez se gana veinte dólares al día. Antes del virus, a veces se ganaba cincuenta, nunca setenta, por lo que decide arriesgarse. Pero llegando al cajero se percata de que si hace la orden quedará al descubierto, se detiene y busca una alternativa. Es una mesera, una de sus funciones es la de llevar platos y cubiertos a las mesas, si lo hace, es improbable que llame la atención, en adición la propina sube a cien dólares por lo que una vez más decide arriesgarse.

Luis, Yaniz y Helenia se acomodan tras la mesa, se dispone a conocer a la mujer que ha convidado pero Helenia no deja de contarle sus experiencias, en la escuela, en la casa y en los lugares a donde nunca ha ido pero donde quiere ir. Él vuelve a sonreír, todas sus miserias han desaparecido, ni tan siquiera las recuerda. Una pequeña y dulce criatura lo ha regresado a la vida. En medio de su felicidad, la mesera regresa con platos y cubiertos y los pone sobre la mesa.

-¿Qué quieres comer?- Luis interrumpe su relato.

Ella lo mira y parece analizar lo que se le ha preguntado, quiere comer, hace horas que no lo hace y lo último fue un plato de avena. Caminaron por horas, tiene hambre, mucha hambre, tanta que es inmaterial lo que se le ofrezca. Como tarda en responder, Luis mira a la madre y parece solicitarle el permiso. Ella lo concede con un leve gesto en lo positivo. Ambos entonces caminan hacia el muestrario del banquete. Recordando experiencias con su hijo llegan a un lugar donde se sirve lo más común que niño le solía pedir.

-¿Macarrones con queso?- le pregunta.

-No,- ella reacciona como si escandalizada.- Mac and cheese.-

Luis ríe y sin poder contenerse la abraza. Pasan a una segunda sección y le pregunta.

-¿Brecol?-

-No, brócolli,- una vez con la misma firmeza lo corrige.

Luis ríe a la vez que trata de no ser muy obvio. Está pasando por un gran momento, ha vuelto a la vida, sus miserias han quedado en un pasado tan lejano que no las puede recordar. Regresan a la mesa, se sientan y Helenia comienza a devorar con furia lo que ha traído en su plato. Luis mira a Yaniz como si pretendiera pedir una explicación pero ella de inmediato desvía su mirada disimulando no haber captado su interés, se pone de pies y anuncia que se va a servir. Él reacciona mostrándole el camino con un gesto de la mano derecha. La niña no tarda en acabar con lo servido. Luis le pregunta si quiere más. Ella no responde verbalmente, coge el plato del que ha comido y se lo muestra. Luis la vuelve a llevar al muestrario y le pregunta qué quiere ahora.

-Mac and cheese,- de inmediato responde.

Cuándo regresan, él observa que la madre ha colmado su plato. La mira con curiosidad pero obstruye lo que viene a su mente. La niña no tarda en terminar. Luis le pregunta:

-¿Helado?-

El rostro de la niña se ilumina. Da la impresión de que lo que se le ha ofrecido algo que viene de la gloria. Luis capta su reacción y de inmediato le extiende su mano derecha en ofrecimiento para que lo siga. Llegan al muestrario y es entonces que él se percata de que ha traído un plato hondo para sopas, uno demasiado grande para un servicio de postre. Mira a Helenia y se da cuenta de su rostro iluminado, sonríe y le advierte.

-Me dices cuándo,- le está preguntando cuanto quiere.

Comienza a descargar del heladero y llega el momento en que comienza a desbordarse.

-Creo que es suficiente,- entonces le dice a Helenia. El rostro de la niña parece diferir,

-¿Picadillos?- entonces le pregunta.

-No, sprinkles,- con la misma autoridad de antes.

Luis sonríe y parece preguntarse si es cierto por lo que está pasando. Regresan a la mesa y descubre que el plato colmado que Yaniz trajo a la mesa está virtualmente limpio. Por primera vez por su mente pasa la posibilidad de que no todo anda bien con las convidadas.

-Puede volver a servirse cuantas veces quiera,- le dice.

Yaniz lo mira, da la impresión de que le teme algo. Sabe lo que el volverse a servir implica, pero también sabe que puede tardar en aparecer otra oportunidad como la que está teniendo.

-¿Quién sabe cuándo volveré a comer?- en silencio se pregunta.

Yaniz abandona la mesa y Luis nota que la niña se saborea el helado mostrando gestos de gusto intenso, como si le estuviese dando gracias a Dios. La madre regresa con otro plato colmado, él opta por mirar hacia otro lado pues cree que ella pueda sentirse incómoda con su curiosidad.

-Me voy a servir ,- él entonces anuncia.

Camina hacia el muestrario, se sirve, regresa y come en silencio cuándo da la impresión de que nadie quiere hablar. La niña sigue disfrutando su helado pues la cantidad servida no es solo mucho para su edad, es mucho para cualquier edad. Yaniz continúa comiendo, siempre mirando hacia abajo, como si sintiera vergüenza, ya que de hecho la siente. Todos terminan y Luis anuncia que ha llegado la hora de retirarse.

-Ha sido un verdadero honor la compañía de tan dos hermosas damas,- les dice. -Quiero hacerles saber que estaré por siempre agradecido por el placer de sus presencias, que espero que nos volvamos a ver pronto.-

Su mensaje es cuidadoso ya que la niña claramente le ha hecho saber que quiere su compañía pero es la madre a quien le toca decidir. Para los efectos prácticos, él sigue siendo un extraño. Ninguna de las dos se expresa a pesar de que él nota que la niña mira a su madre con gran intensidad.

-¿Dónde está su automóvil?- pregunta cuándo se hace evidente que la velada ha terminado.

-No tengo automóvil,- ella dispara un contestación que debería advertirle que está dejando al descubierto su condición.

-¿Dónde está su residencia?-

Es entonces que Yaniz se percata de sus respuestas, baja la cabeza y guarda silencio solo para obtener el mismo resultado. Luis espera por ella hasta que se hace evidente que la respuesta no ha de llegar. Presintiendo un mal augurio, vuelve a preguntar:

-¿Dónde van a pasar la noche?-

Pero la respuesta de Yaniz sigue siendo un incómodo silencio, su mirada dirigida hacia el suelo pero que aún así no puede cubrir su sombrío gesto.

-No podemos permitir que la niña pase la noche a la intemperie,- él le hace saber que ha entendido.

Pero todo lo que ella hace es mantener un semblante sumiso.

-Mi apartamento tiene cuatro dormitorios,- Luis entonces añade. -Tres de ellos están desocupados. El mío tiene su propio baño, el que usted y su niña pueden ocupar está al extremo opuesto, a una distancia respetable y colinda con un baño. Si algo más le hiciera falta, al salir de su dormitorio se topa con una guardería pero si la bordea, llega a la cocina donde hay una alacena y una nevera que tienen lo que puedan necesitar.-

Yaniz se mantiene callada, su mirada hacia el suelo, su actitud sumisa mas Helenia ha captado el mensaje, se para frente a Luis y le ofrece los brazos. Él se la lleva al pecho, mira a la madre hasta que ella se ve obligada a estudiar sus opciones. Ve a su hija en brazos de un extraño que ha sido una bendición caída del cielo. La niña luce como que ha encontrado al padre que con tanto empeño ha estado buscando, la madre sabe que no hay otras opciones y su anfitrión le muestra el camino a seguir con su diestra.

Le toma casi tres horas en llegar al destino. Luis se había alejado cuándo en su mente solo habían pesares. Se retiró hasta que un caminar azaroso lo llevó al frente de un restaurante localizado al cruzar la calle de las oficinas del Programa Para Asistencia Nutricional. Al llegar, suben por el ascensor, entran al apartamento y él cierra los ojos para analizar la última hora que ha vivido. Concluye que abandonó el infierno y llegó a la gloria.

Instintivamente mira al reloj colocado en su brazo izquierdo. Es cerca de las diez de la noche. Un no muy lejano recuerdo le advierte de que se ha pasado de la hora que infantes de la edad de la niña que aún lleva en sus brazos deben ser llevadas a dormir. La mira a los ojos, la intensidad de la felicidad que la niña refleja en su semblante le hace reconocer que la puede tratar como su hija.

-Es hora de dormir,- le dice.

-¿Tan temprano?- Helenia luce decepcionada.

-Tan temprano,- él coincide con la niña pero le hace saber que eso no cambia las condiciones.

Camina hasta el dormitorio más cercano, entra y ambos descubren una cama litera.

-¿Arriba o abajo?- pregunta él.

-¡Arriba!- responde entusiasmada.

La acomoda, la mira con ternura mas ella parece que quiere seguir hablando. Él en momento alguno ha dejado de sonreír pero hay un mensaje que tiene que darle.

-Es hora de dormir,- le recuerda. -Mañana hablamos.-

-Buenas noches, papi,- ella le deja saber su sentir.

-Buenas noches, hija,- es una despedida genérica que él sabe cómo ella ha de interpretarlo.

-Un besito,- ella sugiere.

Él le acerca su mejilla pero ella lo toma por su cara, lo obliga a mirar de frente y le da un leve beso en los labios.

-Buenas noches, hija,- él repite para casi de inmediato llevar su mano derecha frente a su rostro y cerrarle los ojos.

Luis da la media vuelta, se topa con la madre que lo mira intensamente. Hay algo en su mente que aparentemente no se atreve a decir.

-Buenas noches,- Luis le dice cuándo ha concluido que ella preservará sus pensamientos.

Abandona la habitación mas no ha dado diez pasos cuándo un sexto sentido le advierte que la velada no ha terminado. Da la media vuelta y la ve unos pasos atrás, su semblante cada vez más sumiso, cabizbaja y en silencio hasta que por fin puede decirle algo.

-No tengo palabras para agradecer lo que está haciendo por nosotras.-

-No tiene que agradecérmelo,- de inmediato replica. -Estoy moralmente obligado a ayudarlas. En adición, sería un verdadero crimen que yo permitiera que la niña pasara la noche a la intemperie.-

Callan pero él la observa, nota que persiste en su actitud de sumisión y trata de interpretar lo que ese gesto significa. Cuándo cree saberlo, extiende los brazos, abre las manos y se las muestra. Ella ha seguido mirando hacia el suelo pero se percata de sus manos abiertas. Levanta la mirada, la dirige con timidez hacia él y es ella entonces quien intenta explicarse lo que se le está ofreciendo. Sus miradas se encuentran y cuándo cree saberlo, da un par de pasos hacia al frente, coloca su cabeza sobre su pecho y se deja abrazar.

www.ingramcontent.com/pod-product-compliance
Lightning Source LLC
LaVergne TN
LVHW010155070526
838199LV00062B/4366